AF603043

SOIRÉES DU JEUDI.

PARIS — IMPRIMERIE DE MARC DUCLOUX ET COMPAGNIE,
rue Saint-Benoit, 7. — 1853.

SOIRÉES
DU JEUDI

PAR

L'AUTEUR D'*EMMA OU LA PRIÈRE.*

PARIS
LIBRAIRIE DE MARC DUCLOUX, ÉDITEUR,
RUE TRONCHET, 2.

1853

SOIRÉES DU JEUDI.

Ah! combien vous seriez heureuses, si vous saviez ce que je sais, disait le petit Georges Duval en entrant dans la chambre où se trouvaient sa sœur Juliette et sa cousine Gabrielle.

— Apprends-nous donc bien vite cette bonne nouvelle, s'écria Juliette.

— Oui, là, tout de suite, mademoiselle, afin que vous vous réjouissiez sans avoir eu la peine de chercher, mais il n'en sera pas ainsi, s'il vous plaît, il faut que vous deviniez quel est le plaisir qui vous attend.

— Un plaisir! dit vivement Gabrielle en fixant sur son cousin des yeux brillants et interrogateurs; oh! mon bon Georges ne nous fais pas languir plus longtemps, raconte-nous vite ce que tu sais.

— Bah ! reprit Juliette, d'un air qu'elle cherchait à rendre indifférent, c'est quelque nouvelle malice pour nous mettre l'esprit à la torture.

— Tu mériterais bien qu'il en fût ainsi pour te punir.

— Eh bien ! s'il en est autrement tire-nous d'incertitude en nous faisant part des projets que tu formes pour notre récréation.

— Mes projets, mes projets, il s'agit bien de moi ici, ce qui vous est réservé vient de plus haut.

— Oh ! c'est peut-être ton père qui veut nous conduire à la campagne de Gabrielle.

— Oui, une journée en plein air au mois de décembre, ce serait fort récréatif et surtout extrêmement réchauffant.

— C'est vrai, dit Juliette, il n'y a pas grand plaisir à courir les champs dans cette saison, à moins qu'on ne veuille patiner, et je suppose que le nœud du mystère de Georges est une soirée que maman veut donner à nos amis la veille de Noël.

— En fait de divertissement, ce ne serait pas mal inventé, répondit Georges, mais les bougies qui décoreront le sapin éteintes, les bonbons mangés, tout serait fini au moins pour une année, tandis que la fête qu'on vous prépare se renouvellera souvent, très souvent.

— Une fête qui se renouvellera souvent, s'écria Gabrielle avec transport, oh ! mon bon petit Georges ne me fais pas attendre plus longtemps, je t'en supplie, conte-nous cela.

— Eh bien, soit, car vous êtes si nigaudes que vous ne devineriez jamais ; il faut d'abord que vous sachiez, poursuivit le jeune garçon, en prenant un air important, que le docteur Perrin a ordonné à grand'maman de garder la maison pendant trois mois à cause de son rhumatisme dont elle souffre beaucoup cet hiver.

— Et c'est là ce qui te rend si joyeux, s'écria Juliette avec l'accent de l'indignation.

— Non, pas que grand'maman soit plus malade, mais qu'on lui ait interdit de sortir, car ce régime lui fera du bien, répliqua Georges d'un ton sentencieux.

— Mais enfin, quel rapport peut-il y avoir entre la réclusion de grand'maman et une fête, s'écria Gabrielle d'un ton moitié fâché, moitié souriant.

— Quel rapport ! un très grand, mademoiselle, et vous allez le voir. Afin de ne pas trop s'ennuyer au coin de son feu, grand'maman nous invite à passer la soirée chez elle tous les jeudis.

— Vraiment, s'écria Juliette, elle réunira la famille.

— Non pas, non pas, s'il vous plaît, elle a fait un choix dans la famille, et ce choix a désigné les plus âgés de ses petits-enfants.

— Alors tu n'es pas du nombre, s'écria Gabrielle.

— Comment je n'en suis pas, supposez-vous, mademoiselle, parce que vous avez huit ans et demi et moi seulement huit depuis la semaine dernière, que je vaille moins que vous. Ne sais-tu pas que les hommes sont placés dans la société bien au-dessus des femmes, même des femmes plus âgées qu'eux.

— Mais mon frère Albert qui a près de dix ans est vraiment l'aîné de nous tous, répondit Gabrielle, et je ne pense pas que, malgré ton importance comme homme, tu aies la prétention de passer avant lui.

— Non, mais à côté de lui, je te prie, nous sommes les deux petits-fils aînés de grand'maman et nous aurons les deux meilleures places à côté d'elle, ne vous déplaise.

— Voilà qui est fort galant, en vérité, murmura Gabrielle, et nous devrons peut-être nous estimer fort heureuses si vous nous permettez d'écouter derrière la porte vos graves entretiens.

— Non, non, ma pauvre Gabrielle, nous ne serons pas si féroces, tu auras ta place dans le salon, ainsi que Juliette et notre petite cousine Louisa ; vous aurez aussi votre part de l'excellent goûter que la vieille Isabeau ne manquera pas de nous préparer.

— Bonne Isabeau, reprit Juliette, je la vois d'ici se trémousser à l'idée de recevoir les petits-enfants de sa maîtresse et nous gâtant tous de son mieux ; mais, dis-moi, Georges, puisque tu es si bien au courant du programme de ces soirées, François et Marguerite y seront-ils invités.

— François et Marguerite ! reprit le petit garçon d'un air dédaigneux ; des enfants de six à sept ans, que viendraient-ils faire là, je vous prie, car vous pensez bien que ce n'est pas pour jouer à la poupée que grand'maman nous convie ; elle nous racontera, j'en suis sûr, de jolies histoires, et peut-être même nous donnera quelques leçons.

— Des leçons, s'écria Gabrielle, mais alors ce ne serait pas aussi amusant que tu nous le prédisais.

— Voilà bien comme vous êtes, vous autres

femmes, tout ce qui est un peu sérieux vous effraie, et vous voudriez jouer du matin jusqu'au soir.

— Il me semble, dit Juliette en souriant, que les petits garçons ne redoutent guère les jeux, si j'en juge par le tapage que tu fais avec tes amis, chaque fois que maman les invite.

— Les petits garçons, les petits garçons, murmura Georges en se redressant, est-ce que par hasard tu te crois une grande fille avec tes dix ans à peine accomplis.

— Non, mais j'aurais tout autant de plaisir que toi à passer la soirée chez grand'maman, bien que je n'y apporte ni ma poupée ni mon cerceau. Mais voici maman qui nous expliquera mieux que toi les intentions de notre grand'-mère.

— Dites-nous, je vous prie, chère tante, s'écria Gabrielle en allant à la rencontre de Madame Duval, est-il vrai que grand'maman ne doive plus sortir de tout l'hiver et qu'elle nous réunira chez elle tous les jeudis?

— Ah! ah! dit la mère en dirigeant son regard vers Georges, je vois que la conversation que je viens d'avoir avec votre père a eu un auditeur qui s'en est fait le messager.

— Mais il n'y a pas de mal à cela, chère maman, s'écria Georges en rougissant.

— Non, mon enfant, puisqu'on ne t'avait pas recommandé le secret, et que ce n'est point par surprise que tu as appris cette nouvelle, et même le plaisir qu'elle doit t'avoir fait motive ton empressement à la communiquer à ta cousine et à ta sœur; cependant, il est toujours plus discret et plus convenable de la part d'un enfant de ne rien répéter de ce qu'il entend dire à ses parents, sans leur en avoir d'abord demandé l'autorisation.

Georges rougit de nouveau et baissa la tête, tandis que Gabrielle demandait à sa tante si les soirées de leur grand'mère commenceraient le jeudi suivant.

— Oui, mes chers petits, répondit Madame Duval, et j'espère qu'heureux et reconnaissants de ce plaisir, vous éviterez avec soin tout ce qui pourrait fatiguer votre bonne grand'mère.

— Il ne faudra pas faire des jeux courants, s'écria Georges.

— Nous apporterons notre ouvrage, ajouta Juliette.

— Il vaudrait mieux avoir des livres de gravure ou des jeux de patience, reprit Gabrielle, car les garçons ne peuvent pas travailler.

— Il me semble, chers enfants, qu'il serait beaucoup plus sage de laisser à votre grand'-mère le soin de choisir le passe-temps de la soirée, je suis convaincue qu'elle saura trouver les moyens de vous intéresser en vous amusant et que vous rencontrerez chez elle plaisir et profit.

PREMIÈRE SOIRÉE.

La Vanille.

Le jeudi suivant, dans un petit salon bien chaud et bien confortable, qu'éclairait une lampe carcel posée sur une table ronde, une femme, courbée par l'âge et par la maladie, était assise dans un vaste fauteuil au coin du feu que ravivait une servante presque aussi âgée que sa maîtresse, mais dont la vigoureuse santé semblait défier le temps.

— Ce petit peuple ne tardera pas à arriver, dit la dame, en regardant la pendule ; rangez des chaises autour de la table, Isabeau.

— Et ce sera prudent, car ils feraient un fameux tapage pour se procurer des siéges.

— Vous accusez ces enfants d'être plus bruyants qu'ils ne le sont en effet, ma bonne Isabeau.

— Eh, Madame, je ne leur en fais pas un reproche, au contraire; plus un enfant a de vie et de santé, plus il fait de bruit; mais à votre âge, Madame, il faut du calme, du silence, et le mouvement de la jeunesse fatigue vite, voilà pourquoi je crains que Madame ne fasse une entreprise au-dessus de ses forces en rassemblant ses petits-enfants.

— Votre sollicitude va trop loin, Isabeau; vous verrez qu'ils sauront rester parfaitement tranquilles et que nous causerons ensemble comme des personnes raisonnables.

— Oui, parce que Madame se fatiguera la poitrine à leur raconter des histoires, ou à leur faire des explications qu'ils écouteront bouche béante, car, il faut bien le dire, personne ne sait parler aux enfants comme Madame.

— Eh bien! ma bonne Isabeau, puisque, malgré mon âge et mes infirmités, Dieu permet que je puisse encore captiver le cœur et l'intelligence de ces petits êtres, n'est-ce pas un devoir autant qu'un plaisir de les réunir autour de moi.

— Eh bien ! pour moi qui n'en sais pas si long, je me suis réservé le soin de les régaler, reprit en souriant la vieille servante, et je leur ai fait une crême dont ils me remercieront.

— Surtout Georges, votre favori.

On entendit au même instant retentir un vigoureux coup de sonnette, et Isabeau courut à la porte qui s'ouvrit pour donner passage à la joyeuse volée.

— Nous arrivons bien tard, grand'maman, s'écria Georges en se précipitant dans les bras de Madame Brémont, mais maman a désiré que nous attendissions nos cousines, et mademoiselle Gabrielle a mis si longtemps à sa toilette que nous étions prêts depuis un quart d'heure, Juliette, Louisa et moi, lorsqu'Albert et sa sœur sont venus nous prendre.

— Oh ! Georges, peut-on inventer de pareilles choses, repartit vivement la petite fille, c'est Albert qui avait des leçons en arrière.

— Et pour repousser l'accusation de ton cousin tu en lances une contre ton frère, dit la grand'-mère en attirant à elle la petite fille, et la baisant au front.

L'enfant rougit et baissa la tête pour dérober une larme qui mouillait sa paupière.

— On nous enverra chercher à neuf heures, chère grand'maman, dit Juliette en s'approchant à son tour de Madame Brémont, mais maman vous supplie de nous renvoyer plus tôt si nous vous fatiguons.

— Il dépendra de vous, chers enfants, de prolonger la soirée, répondit la vieille dame, vous en connaissez les moyens.

— Je me charge, moi qui suis l'aîné, de faire la police, s'écria Albert, et si quelqu'un rit trop fort ou change trop souvent de place, gare à lui.

— Que chacun se surveille soi-même et tout ira bien ; quant à toi, Albert, n'use de ton droit d'aînesse que pour m'offrir le bras en passant dans la salle à manger, ajouta la bonne grand'-mère, en se levant lentement de son fauteuil.

Albert s'approchant d'un air respectueux et empressé, conduisit Madame Brémont devant une table sur laquelle s'étalaient les friandises préparées par la vieille gouvernante.

— Dis donc, Isabeau, est-ce toi qui a fait cette crême, s'écria Georges, en recevant une seconde portion de cet excellent mets.

— Et qui voudriez-vous que ce fût, repartit la servante, comme si ce doute l'offensait.

— Oh ! je sais bien que tu sais faire de fort

bonnes choses, reprit le petit garçon, mais cette crême à un goût si particulier, si délicieux !

— Dam, c'est qu'elle est parfumée à la vanille, et l'on n'en fait pas tous les jours ainsi.

— A la vanille, répéta Gabrielle, c'est en effet une excellente chose ; vient-elle d'une plante qui croisse dans votre jardin, grand'maman, comme la menthe et le baume ?

— Dans notre jardin, dans notre jardin, murmura Isabeau, certes, si la vanille poussait comme le persil et qu'il n'y eût qu'à se baisser et prendre, on en userait un peu plus souvent, mais c'est chez l'épicier qu'on la trouve, ma petite Gabrielle, et encore faut-il la payer fort cher.

— C'est que l'épicier ne la recueille pas plus que nous dans son jardin, observa de nouveau Madame Brémont.

— Il la fait venir d'Amérique, n'est-ce pas, chère grand'maman, dit Albert.

— Oui, mon enfant, elle ne croît que dans les pays très chauds.

—Est-ce un grand arbre comme le marronnier ? demanda la petite Louisa.

— Non, ma chérie, c'est une plante grimpante dans le genre du lierre et de la vigne du

Canada, la culture n'en est pas difficile, mais la préparation du fruit est longue et minutieuse.

— J'aimerais bien savoir comment on la conserve pour l'apporter en Europe? s'écria Georges.

— Eh bien! chers enfants, retournons au salon, et je vous donnerai quelques renseignements sur cette précieuse plante.

Lorsque la bonne grand'mère eut repris sa place au coin du feu, et tous les enfants la leur autour de la table :

— Georges, dit Madame Brémont, va chercher cet atlas posé sur le dernier rayon de ma bibliothèque, pour que nous regardions où est situé le pays de la vanille.

ALBERT.

C'est à la carte d'Amérique qu'il faut ouvrir, je pense?

MADAME BRÉMONT.

Oui, mon ami.

JULIETTE.

Cultive-t-on la vanille dans toute l'Amérique, aux Etats-Unis, par exemple?

MADAME BRÉMONT.

S'il en était ainsi, mon enfant, elle serait moins chère, car on en ferait d'abondantes récoltes; elle n'est au contraire cultivée que dans très peu de localités; c'est pourquoi elle est si rare et d'un prix si élevé.

GEORGES.

Quels sont, je vous prie, les principaux lieux où croît cette plante?

MADAME BRÉMONT.

C'est seulement dans les régions tropicales que la vanille peut parvenir à parfaite maturité, mais toutes les terres qu'embrasse la zone torride ne lui conviennent pas également, car il lui faut autant d'humidité que de soleil. Le vanillier choisit exclusivement le bord des criques, les côtes basses et que balayent sans cesse les brises de la mer; les terrains plats et marécageux qu'inondent les grandes marées, et qu'elles laissent imprégnés d'une humidité saumâtre, et les rives toujours fraîches des ruisseaux. Il faut encore que ces lieux soient couverts des arbres auxquels le vanillier s'attache de préférence.

JULIETTE.

Quels sont ces arbres, je vous prie?

MADAME BRÉMONT.

Vous ne les connaissez pas même de nom, et il faudrait peut-être vous faire l'histoire de chacun; ces arbres ne croissent aussi que dans les climats chauds, ce sont le palétuvier, le manglier, l'ocotée et le poivre arborescent.

GEORGES.

Et quel est le nom des contrées qui réunissent toutes les conditions favorables au vanillier? peut-être les connaîtrons-nous mieux que les arbres qui lui plaisent, car nous avons tous pris des leçons de géographie.

MADAME BRÉMONT.

D'abord l'île de Saint-Domingue que tu vas chercher sur la carte.

ALBERT.

Est-ce cette île qui s'est une fois révoltée contre le gouvernement français à qui elle appartenait et où il y a eu d'affreux massacres?

MADAME BRÉMONT.

Oui, mon cher enfant, tu as dû apprendre cela dans ton cours d'histoire ; mais ton cousin et tes cousines n'étant pas aussi avancés, nous laisserons l'affranchissement de Saint-Domingue pour revenir à la vanille. As-tu trouvé le nom de cette île, mon cher Georges ?

GEORGES.

Voici Saint-Domingue ou Haïti, au sud-est de Cuba, à l'est de la Jamaïque.

JULIETTE.

D'où vient ce second nom de Haïti, est-ce celui d'une ville ?

MADAME BRÉMONT.

Ce nom, qui signifie pays montagneux, s'applique parfaitement à cette île qui est traversée de l'est à l'ouest par les monts Cibao, riches en mines d'or. Au midi s'étend une vaste plaine plantée d'immenses forêts dans lesquelles la vanille croît admirablement.

ALBERT.

J'ai entendu dire que le climat de ce pays n'était pas aussi favorable aux hommes qu'il paraît l'être à cette plante.

MADAME BRÉMONT.

Ton observation est juste, mon cher enfant; l'humidité du sol est telle à Saint-Domingue que, combinée avec l'ardeur du soleil, elle vicie l'air et le rend très malsain, surtout pour les étrangers; aussi est-il bien rare que les colons atteignent un âge avancé dans ce pays. On pourrait en dire autant du climat de Cayenne, autre contrée extrêmement favorable à la culture de la vanille.

GEORGES.

Voilà Cayenne, c'est une espèce d'île au midi de l'Amérique; il y a aussi une ville et une rivière du même nom.

MADAME BRÉMONT.

La ville de Cayenne est la capitale de l'île de ce nom, et celle du territoire avoisinant qu'on appelle la Guyane française, c'est là que depuis longtemps le gouvernement français envoie les condamnés politiques. Mais c'est principalement dans l'île que l'on cultive la vanille. Cherche encore sur la carte, mon cher Georges, un petit îlot de la mer des Antilles, appelé Carthagène, il y a au midi une baie fort belle où la vanille est assez abondant. Elle croît aussi dans l'isthme de Panama.

GEORGES.

Ah ! sur cette langue de terre qui relie l'Amérique du nord à l'Amérique du sud.

MADAME BRÉMONT.

Justement !

JULIETTE.

Est-ce que la vanille ne croît pas aussi dans l'Amérique du nord ?

MADAME BRÉMONT.

Oui, on la retrouve encore au Mexique dans la baie de Campêche.

JULIETTE.

Campêche ! n'y a-t-il pas un bois de teinture qui porte ce nom ; croît-il aussi dans cette baie ?

MADAME BRÉMONT.

On trouve cet arbre dans presque tout l'intérieur de l'Amérique, mais il tire son nom de la ville de Campêche, parce qu'elle a été pendant longtemps l'unique entrepôt où l'Europe venait s'approvisionner de ce bois. Mais il ne faut pas que nous négligions pour lui notre vanille. A présent que nous connaissons tous les lieux où elle est cultivée, il faut vous occuper de la préparation.

GABRIELLE

Oh ! que je me réjouis d'apprendre comment on l'arrange pour la faire parvenir jusqu'à nous.

GEORGES.

Il faudrait d'abord s'enquérir si c'est une fleur, un fruit, une graine ou une racine.

MADAME BRÉMONT.

C'est un fruit qui succède à de fort belles fleurs, blanches en dedans, jaunâtres en dehors, disposées en grappes élégantes, mais qui, chose étonnante, n'ont aucun parfum. Ce fruit, assez semblable à un haricot vert, long d'environ six pouces, gros comme le petit doigt, légèrement arqué, forme une capsule pulpeuse et charnue, qui devient noirâtre en mûrissant; chaque arbuste porte environ une cinquantaine de fruits.

JULIETTE.

Cette plante doit faire un fort joli effet avec ses feuilles vertes, ses fleurs blanches et ses fruits bruns.

MADAME BRÉMONT.

Isolée, elle paraîtrait peut-être un peu grêle, mais mariée aux grands arbres des forêts, elle jette de la variété sur leur sombre feuillage et forme autour de leur tronc un ornement fort pittoresque.

GABRIELLE.

Oh, que j'aimerais à voir un de ces beaux arbres d'Amérique ainsi orné!

MADAME BRÉMONT.

Peut-être, ma chère enfant, s'il en croissait dans la campagne de ton père, n'y accorderais-tu pas plus d'attention qu'au magnifique hêtre dont le tronc moussu est entièrement enveloppé par un lierre que les étrangers ne peuvent se lasser d'admirer.

GABRIELLE.

Mais je n'ai jamais vu de hêtre comme celui que vous dépeignez, chère grand' maman.

MADAME BRÉMONT.

Tu n'es donc jamais descendue au bas de la prairie qui fait suite à votre verger?

GEORGES.

Comment, Gabrielle, tu ne te souviens pas de ce gros arbre dont le tronc creux nous sert de cachette lorsque nous jouons à *Il est?*

GABRIELLE.

Ah! oui, je sais, mais est-il donc si beau?

MADAME BRÉMONT.

Superbe, mon enfant, seulement il a le tort de s'offrir à ta vue depuis que tu es née; tu apprécierais sans doute mieux sa beauté, si tu avais fait un lointain voyage pour aller l'admirer.

GABRIELLE *embarrassée*.

C'est que, voyez-vous, grand'maman... ce qu'on a tous les jours sous les yeux...

MADAME BRÉMONT.

Oui, telle est l'ingratitude de notre pauvre cœur, que nous ne reconnaissons pas plus la main de Dieu dans les merveilles de la création qui sont à notre portée, que nous ne sentons sa bonté dans les biens dont il nous comble à tous les instants de notre vie ; il faut des circonstances extraordinaires pour que notre cœur sente son amour, comme il faut des objets nouveaux pour contraindre nos yeux et notre intelligence à admirer ses œuvres.

Tous les enfants baissèrent la tête comme si chacun s'avouait intérieurement qu'il avait jusqu'alors bien peu remercié Dieu de tous les biens dont il avait joui ; après un moment de silence la grand'mère reprit la parole, en disant :

— Il ne nous faut pas laisser nos gousses de vanille suspendues entre les branches des mangliers et des palétuviers, car vous pensez bien que leurs propriétaires ne les y oublient pas lorsqu'elles sont mûres.

JULIETTE.

Je suis persuadée au contraire qu'ils sont à l'affût du moment où ils peuvent les cueillir.

MADAME BRÉMONT.

Et cela d'autant plus que cette récolte doit être faite avec le plus grand soin. Lorsqu'on a cueilli les gousses de vanille on les enfile douze par douze à un gros fil, puis on fait bouillir de l'eau dans un vase de terre, et l'on y plonge un instant ces colliers de fruits; cela fait, l'on tend et l'on attache par les deux bouts opposés les fils où sont enfilées les vanilles, de manière à ce qu'elles se trouvent suspendues à un air libre où le soleil frappe pendant plusieurs heures du jour.

GEORGES.

Mais cela ne me paraît pas fort difficile, et vous nous disiez, chère grand'maman, que la préparation de la vanille était si minutieuse.

MADAME BRÉMONT.

Si tu étais moins pressé de tirer des conclusions, tu aurais attendu la fin de mon récit, et peut-être alors aurais-tu avoué que ce n'est pas sans beaucoup de précautions que l'on conserve la vanille.

GABRIELLE.

En vérité, Georges, c'est bien mal à toi d'interrompre ainsi grand'maman.

MADAME BRÉMONT.

Chacun de vous, mes chers enfants, a le droit de m'adresser des questions, je serais même fâchée si, dans la crainte de m'interrompre, l'un de vous se privait d'une explication qu'il désire recevoir; seulement avec un peu de patience il verrait peut-être cette explication arriver tout naturellement.

George rougit, tandis que sa cousine Gabrielle le regardait malicieusement, et la grand'mère reprit en ces termes :

— Le lendemain du jour où l'on a exposé à l'air les vanilles, il faut les reprendre une à une pour les enduire d'huile avec la barbe d'une plume, afin qu'elles se sèchent lentement, qu'elles ne noircissent pas et qu'elles se conservent toujours un peu molles ; puis on les entoure du haut en bas d'un fil de coton imbibé d'huile pour éviter que la gousse ne s'entr'ouvre et ne laisse échapper les petites graines noires et parfumées dont elle est remplie. Tandis que les vanilles sont suspendues en plein air, il en découle pendant plusieurs jours une surabondance de liqueur visqueuse dont on facilite la sortie en pressant légèrement le fruit plusieurs fois par jour. Lorsque cet écoulement est terminé, les vanilles se déforment, se racornissent, deviennent brunes, molles, et diminuent des trois quarts de leur grosseur. Alors on les presse à plusieurs reprises entre les mains ointes d'huile, puis on les met dans un pot vernissé à l'intérieur, afin de les conserver fraîchement. On les visite de temps en temps pour s'assurer qu'elles ne sont pas trop imbibées d'huile, ce qui altérerait leur parfum. Lorsque cette préparation est terminée et que l'on ouvre une de ces gousses, il s'en échappe une multitude de petites graines noires imperceptibles, qui répandent une odeur balsamique, et dont le goût, vous venez de l'apprécier, donne aux mets qu'elles parfument une saveur des plus délicates.

JULIETTE.

La préparation de ce fruit est en effet minutieuse, mais elle ne me semble exiger ni force ni talents supérieurs, un enfant pourrait s'en occuper, aussi je ne comprends pas qu'elle donne à la vanille une aussi grande valeur.

MADAME BRÉMONT.

Tu as parfaitement raison, mon enfant, aussi je crois que le haut prix de la vanille tient encore plus à la petite quantité qu'on en cultive, qu'au temps et aux soins qu'exige sa préparation.

LOUISA.

Et pourquoi ne cultive-t-on pas davantage cette précieuse plante?

ALBERT.

Il me semble qu'on pourrait trouver beaucoup d'autres localités qui lui seraient propices.

MADAME BRÉMONT.

Je pense comme toi, mon cher Albert, et je suis étonnée que les habitants des colonies, placés dans les mêmes conditions atmosphériques, n'aient pas songé à naturaliser chez eux une plante dont la culture exige si peu de soins, et dont le produit ne pourrait que leur être avantageux.

JULIETTE.

Ils pensent peut-être que si la vanille devenait trop abondante, le bas prix auquel elle tomberait nécessairement, ne pourrait les récompenser de leur peine.

MADAME BRÉMONT.

Il est fort possible que cette crainte les retienne, mais elle ne me semble pas fondée; en général l'abaissement du prix d'une denrée est plus que compensé par l'accroissement de la consommation, et nous voyons beaucoup de produits des contrées transatlantiques se vendre fort bon marché, et cependant enrichir leurs cultivateurs.

ALBERT.

En fait d'épices, il me semble que la cannelle qui vient aussi de fort loin est d'une valeur bien moindre que la vanille.

LOUISA.

Est-ce un fruit aussi la cannelle? Vous devriez nous conter cela, grand'maman.

MADAME BRÉMONT.

Pour aujourd'hui c'est trop tard, mais jeudi prochain nous pourrons, si vous le voulez, faire un voyage à l'île de Ceylan, pour y étudier le laurier-cannellier.

— Oui, oui, c'est cela, s'écrièrent tous les enfants en quittant leur place et s'avançant vers leur grand'mère pour l'embrasser, car Isabeau venait d'annoncer que le domestique de M. Duval attendait la petite troupe.

— Ma bonne Isabeau, dit Georges à la vieille servante, tandis qu'elle lui présentait son manteau, tâche, jeudi prochain, de nous faire quelque chose d'excellent, parfumé à la cannelle, car grand'maman doit nous apprendre d'où elle vient.

— On tâchera de vous satisfaire, mon petit gourmand, répondit la gouvernante, en donnant une tape sur la joue de l'enfant.

DEUXIÈME SOIRÉE.

La Cannelle. — Le Poivre.

Cette compotte aux poires était excellente, mais cependant je préfère la crême de jeudi passé, disait le petit Georges, en passant de la salle à manger dans le salon de la grand'mère.

JULIETTE.

Cette préférence ne vient-elle pas de ce que tu manges plus souvent du fruit cuit que de la crême, et que la cannelle est plus fréquemment employée à la maison que la vanille.

GABRIELLE.

C'est un peu l'histoire du bel arbre de not

campagne, que je n'avais pas remarqué, tandis que j'aurais volontiers traversé l'Océan pour avoir le plaisir d'admirer le vanillier que je me figure si gracieux.

MADAME BRÉMONT.

C'est, hélas ! l'histoire de bien des ingratitudes de notre cœur. Au lieu d'être reconnaissants de tous les bienfaits dont Dieu nous comble, nous en profitons sans les apprécier, et nous désirons des superfluités qui pourraient nous être nuisibles.

GEORGES en souriant.

Il ne me semble pas que ce fût un très grand malheur pour moi de manger un peu plus souvent de la crême à la vanille.

MADAME BRÉMONT.

Tout ce qui encourage un défaut ou satisfait une passion, est un malheur, et si mon cher Georges comprenait la nécessité de combattre son penchant à la gourmandise, qu'il connaît très bien, au lieu de désirer avoir plus souvent des friandises à son service, il remercierait Dieu de la nourriture saine et abondante qu'il trouve chaque jour sur la table de ses parents, et il en serait parfaitement satisfait.

GABRIELLE.

Te rappelles-tu, Georges, ce que ta mère nous disait l'autre jour, lorsque tu te plaignais de ce qu'il n'y avait pas de plat doux à dîner; que si après avoir mangé à discrétion d'un bon rôti et d'un excellent légume nous pensions à tant de pauvres enfants qui n'ont pas même du pain bis pour satisfaire leur faim, nous devrions être honteux de désirer du dessert.

MADAME BRÉMONT.

On pourrait aussi dire aux petites filles qui ne trouvant pas leur robe de mérinos assez élégante pour aller à une soirée d'amies, demandent qu'on leur en fasse une de soie, qu'elles doivent penser avant de se montrer si exigeantes, à tant de pauvres enfants qui n'ont que de mauvais lambeaux pour se garantir du froid, et qu'au lieu de se plaindre parce que leur vanité n'est pas satisfaite, elles devraient être reconnaissantes envers les bons parents qui leur donnent des vêtements chauds et propres autant qu'il est nécessaire.

Gabrielle rougit, car sa conscience était atteinte, et Juliette qui eut pitié d'elle se tourna vers Albert en disant :

—Tu devrais aller chercher l'Atlas, car grand'-maman nous a promis de faire avec nous une excursion dans l'île de Ceylan. . .

MADAME BRÉMONT.

Et je ne l'oublie pas, mes bons amis; voyons, mon cher Georges, cherche dans la mer des Indes, au sud de l'Indoustan.

GEORGES.

Ah! voici une île assez grande qui est séparée de la côte de Coromandel par le détroit de Damaar.

ALFRED.

Cette île fait partie des possessions anglaises, je crois.

MADAME BRÉMONT.

Oui, mon ami, découverte seulement en 1507 par le portugais Joreazo; les compatriotes de ce voyageur essayèrent d'y fonder quelques établissements, mais les naturels du pays les chassèrent avec violence. Plus tard, les Hollandais colonisèrent dans cette île avec quelque succès, mais en 1795 les Anglais s'emparèrent de leurs établissements et peu à peu de toute l'île, qui est aujourd'hui sous leur domination.

GEORGES.

Est-ce le seul pays où croisse la cannelle ?

MADAME BRÉMONT.

Pendant tout le temps que les Hollandais ont occupé Ceylan, ils ont veillé avec le plus grand soin à ce que cet arbre, originaire de cette île, ne fût pas naturalisé ailleurs, afin de conserver ainsi le monopole de la cannelle, mais aujourd'hui cette espèce de laurier est cultivée dans l'île de France, à Cayenne, et dans plusieurs îles de la mer des Antilles.

GEORGES.

Ces morceaux de cannelle qu'Isabeau avait mis dans la compotte aux poires pour la parfumer, sont l'écorce de cet arbre et non pas son fruit, je crois ?

MADAME BRÉMONT.

Oui, mon cher enfant, l'écorce est en effet la

partie la plus productive du cannellier, mais vous verrez cependant que son fruit, ses fleurs, ses racines et même ses feuilles, sont utilement employés.

LOUISA.

Est-ce un bien grand arbre, chère grand'maman ?

MADAME BRÉMONT.

Plus grand que gros, de la famille des lauriers, son tronc qui n'a guère plus d'un pied et demi de diamètre, s'élève à une hauteur de quinze à vingt pieds; son écorce d'un brun grisâtre au dehors devient à l'intérieur d'un brun tirant sur le rouge, ses feuilles, assez semblables à celles du laurier qui croît sur ma terrasse, sont d'un vert luisant à l'extérieur et d'un gris terne et cendré en dehors, ses fleurs, petites, jaunâtres et veloutées, répandent leur délicieux parfum à une très grande distance, et son fruit est assez semblable en tous points aux plus grosses olives qui croissent dans le midi de la France.

GEORGES.

Est-il bon à manger ce fruit ?

MADAME BRÉMONT.

Je ne crois pas, mon cher enfant, j'ai seulement entendu dire qu'au moyen de la distillation on pouvait en extraire une huile fort odorante, et par la décoction une espèce de suif que les Indiens considèrent comme très propre à guérir les contusions et les foulures. On fait aussi avec ce suif qui arrive en Europe sous le nom de cire de cannelle, des bougies qui parfument les appartements qu'elles éclairent.

GABRIELLE.

Ah! que j'aimerais me servir habituellement de ces bougies.

MADAME BRÉMONT.

Peut-être crierais-tu bientôt grâce si l'on t'accordait ce luxe, ma chère Gabrielle, car dans nos appartements si bien clos, aux plafonds bas, l'usage de parfums aussi enivrants ne peut être que malsain, et doit occasionner tout au moins de grands maux de tête.

GABRIELLE.

Il est vrai que lorsque les jacinthes de maman

sont en fleur, on est obligé d'emporter chaque soir ces vases dans l'antichambre, sous peine d'une migraine générale.

MADAME BRÉMONT.

Que serait-ce donc d'un parfum artificiel et bien plus pénétrant? L'usage ne peut en être inoffensif que dans les pays excessivement chauds, dans ces vastes appartements où l'air constamment renouvelé par de nombreuses ouvertures ne se vicie pas aisément.

GEORGES.

Il faut donc renoncer à ces délicieuses bougies, mais peut-être trouverons-nous quelque chose pour nous dans les fleurs et les fruits des cannelliers qui ont aussi, vous nous avez dit, chère grand'maman, leur utile emploi.

MADAME BRÉMONT.

Utile surtout pour les gens du pays qui ont l'habitude d'employer dans leurs médicaments l'huile qu'ils extraient des feuilles du cannellier en les distillant; ils les sèchent aussi pour les jeter dans leurs bains en guise d'aromates.

GEORGES.

Nous n'avons donc rien à faire avec les feuilles, et les fleurs ne sont pas davantage pour nous, je le parierais?

MADAME BRÉMONT.

Je ne sais si ton goût délicat s'accommoderait de l'eau cordiale que les naturels en obtiennent au moyen de la distillation, mais jusqu'à présent je n'ai pas entendu dire que les Européens en fissent grand cas, non plus que d'une espèce d'huile qu'on extrait de l'écorce de la racine et à laquelle les indigènes attribuent une grande vertu médicinale.

ALBERT.

Il paraît que les Européens n'attachent de prix qu'à l'écorce de l'arbre, mais alors elle est l'objet d'un grand commerce.

MADAME BRÉMONT.

Très considérable en effet, car la cannelle, outre l'usage qu'on en fait pour parfumer certains aliments, le chocolat, les liqueurs, etc., est très appréciée par les pharmaciens qui l'emploient avec succès dans la préparation de plusieurs médicaments.

LOUISA.

Il me semble que pour recueillir la cannelle, on doit donner la mort à cet arbre si joli, et dont les produits sont si utiles, car on lui enlève toute son écorce.

MADAME BRÉMONT.

Cette crainte, ma chère enfant, est le résultat d'une erreur : loin d'enlever toute l'écorce du cannellier, on ne touche pas à celle du tronc, et c'est seulement une partie des branches que l'on attaque.

JULIETTE.

Et qu'est-ce qui détermine le choix de ces branches, je vous prie?

MADAME BRÉMONT.

Leur âge ; on tire chaque année deux récoltes du cannellier, l'une fort considérable, d'avril en août, dans la saison pluvieuse ; l'autre, plus petite, de novembre à janvier, dans la saison sèche;

mais on ne demande pas ces récoltes à tout l'arbre à la fois, on coupe seulement les branches qui ont atteint leur troisième année, puis à l'aide d'une serpette tranchante des deux côtés on les dépouille de leur écorce extérieure; après cette opération, avec la pointe de la serpette on fend la seconde écorce d'un bout à l'autre de la branche, et le dos du même instrument sert à la détacher peu à peu. Les secondes écorces d'une quantité de branches sont placées les unes dans les autres et exposées au soleil, où elles se roulent d'elles-mêmes de plus en plus à mesure qu'elles se dessèchent.

JULIETTE.

Ce procédé est beaucoup plus simple que celui de la conservation de la vanille, et je pense qu'on emploie à peu près le même pour toutes les épices qu'on nous envoie d'outre-mer; on se borne à les sécher.

MADAME BRÉMONT.

Oui, le poivre et le girofle, par exemple, ne demandent aucune préparation, et cela joint à la facilité de la culture des plantes qui les produisent est cause de leur bas prix.

LOUISA.

Le poivre et le girofle viennent-ils aussi de Ceylan?

MADAME BRÉMONT.

On en recueille dans plusieurs autres pays.

ALBERT.

Est-il vrai, chère grand'maman, que le poivre tire son nom de l'individu qui l'a découvert?

MADAME BRÉMONT.

Oui, cet arbuste, originaire des contrées les plus brûlantes des Indes orientales, fut découvert par un Français nommé M. Poivre, qui enleva l'arbrisseau à son pays natal, pour le naturaliser d'abord dans l'île de France, puis à Cayenne, et dans les colonies de l'Amérique situées près de l'équateur.

GABRIELLE.

Et pour le faire venir, je pense qu'il n'eut qu'à mettre quelques graines de poivre dans sa poche et à les ensemencer dans les divers pays où il allait.

MADAME BRÉMONT.

Je crois, ma chère enfant, que ce fut un peu moins aisé que tu ne te l'imagines, car le poivrier ne se reproduit que sur boutures. Il fallut donc enlever quelques petites branches aux arbrisseaux indigènes et les conserver avec leur sève pendant un assez long voyage,

GEORGES.

Mais c'est une entreprise fort difficile, car dès qu'une branche est détachée du tronc elle sèche, et ce serait vainement qu'on la planterait au bout de vingt-quatre heures dans le meilleur terrain, elle ne fleurirait pas plus qu'un pieu. J'avais l'été dernier rapporté des boutures de géranium de la campagne de mon oncle, nous arrivâmes trop tard pour que je pusse les mettre en terre le soir même, et le lendemain lorsque je voulus les planter, elles étaient déjà flétries et elles furent sèches au bout de deux ou trois jours.

MADAME BRÉMONT.

Et comment les avais-tu conservées pendan la nuit?

GEORGES.

Je les avais laissées sur ma commode.

MADAME BRÉMONT.

Ton insuccès s'explique alors tout naturellement par ta négligence. Si tu avais eu le soin de mettre les boutures dans l'eau, en arrivant de la campagne, tu les aurais trouvées encore fraîches le lendemain en te réveillant.

ALBERT.

Il est vrai que l'humidité de l'eau doit entretenir la sève, mais si l'on conservait ainsi des boutures trop longtemps, n'aurait-on pas à redouter qu'elles ne moisissent.

MADAME BRÉMONT.

Pour certaines plantes fort délicates, peut-être, je ne suis pas assez versée dans l'étude de la botanique pour le savoir ; mais j'ai vu près de Bordeaux, dans le jardin d'une dame de ma connaissance, un saule pleureur provenant d'une bouture prise à Sainte-Hélène, sur le tombeau de Napoléon.

ALBERT.

Oh! que j'aurais aimé voir cet arbre, moi qui admire tant Napoléon.

MADAME BRÉMONT.

Il faudrait peut-être le plaindre autant que l'admirer, car s'il opéra de grandes choses, que de mal son ambition n'occasionna-t-elle pas à lui-même et aux autres.

ALBERT.

Mais pourtant quels souvenirs brillants et glorieux se rattachent à son règne.

MADAME BRÉMONT.

C'est sans doute pour raviver ces souvenirs, que pendant bien des années les navires marchands qui revenaient des Grandes-Indes, avaient l'habitude de relâcher à Sainte-Hélène pour renouveler leur provision d'eau.

ALBERT.

Et les passagers avaient-ils le temps de visiter le tombeau de Napoléon.

MADAME BRÉMONT.

Oui, on leur accordait une journée pour faire ce pèlerinage, et rarement ils revenaient sans rapporter quelques feuilles de l'énorme saule pleureur qui ombrage le monument funèbre.

GEORGES.

Et des boutures aussi.

MADAME BRÉMONT.

Les boutures n'étaient à la portée que de ceux qui pouvaient les payer fort largement, car le gardien du tombeau les estimait à un haut prix. Celle que j'ai vue à Bordeaux avait été rapportée dans un bocal plein d'eau et fermé avec un parchemin dont on avait entretenu l'humidité pendant tout le cours du voyage.

GABRIELLE.

A quoi bon cette précaution, chère grand'maman?

MADAME BRÉMONT.

Afin que l'air, pénétrant plus facilement à travers les pores du parchemin, contribuât ainsi à maintenir les boutures parfaitement fraîches.

JULIETTE.

Et cette bouture prit facilement racine en pleine terre, après avoir ainsi vécu pendant plusieurs mois dans l'eau?

MADAME BRÉMONT.

Si facilement, qu'au bout de quelques années elle était devenue un grand arbre ombrageant une jolie fontaine.

LOUISA.

Probablement que M. Poivre employa ce procédé pour transporter son arbrisseau d'un pays dans un autre.

MADAME BRÉMONT.

Voilà Louisa qui nous ramène à notre point de départ, et elle a raison. Le poivrier, de même que le vanillier, a besoin d'un appui; mais il ne se développe pas aisément à l'ombre des autres arbres, aussi a-t-on soin de dépouiller annuellement de leurs feuilles ceux qu'on plante pour le soutenir, et le plus souvent on se borne à placer un long échalas à côté de chaque bouture de poivrier que l'on met en terre. Au moyen de ce procédé, les plantations de poivre ressemblent assez à des vignes dont les ceps auraient six à sept pieds de haut.

GEORGES.

Mais le fruit est loin de ressembler au raisin.

MADAME BRÉMONT.

Il n'en a ni le jus ni la douceur, mais un peu l'apparence, car il croît en petites grappes dont les grains, un peu plus gros que ceux de la groseille, sont comme elle d'un rouge foncé.

GABRIELLE.

Oh! comme ce doit être joli!

MADAME BRÉMONT.

D'autant plus joli que tous les fruits d'une plante ne parviennent pas en même temps à une pleine maturité; leur couleur varie entre le vert et toutes les nuances du roux, jusqu'au rouge brun.

LOUISA.

Si cette variété est agréable à l'œil, elle doit

être assez gênante pour la récolte, car on ne doit pas pouvoir cueillir tous les fruits à la fois dans une même plantation.

MADAME BRÉMONT.

On n'attend pas, pour dépouiller le poivrier, que son fruit soit tout parvenu à maturité; à une époque fixe, ou cueille tout, vert et mûr, puis on étend le poivre sur un terrain bien battu et on le laisse exposé au soleil, jusqu'à ce qu'il devienne noir et ridé comme nous le recevons en Europe. Il se ride d'autant plus qu'il est moins mûr, aussi le meilleur est-il celui qui présente une enveloppe lisse.

LOUISA.

Mais n'y a-t-il pas aussi du poivre blanc, celui qu'on met sur notre table, par exemple? j'entendis l'autre jour Joseph qui se fâchait contre la cuisinière parce qu'elle était venue en prendre dans le buffet de service, il lui disait qu'elle était fort négligente de n'avoir pas toujours à la cuisine une provision de poivre noir, car elle devait bien savoir que le poivre blanc était exclusivement réservé pour la table des maîtres.

MADAME BRÉMONT.

On distingue en effet dans le commerce ces deux qualités de poivre, mais elles sont le produit du même arbrisseau ; seulement les grappes de fruits qui parviennent à une parfaite maturité se détachent ordinairement d'elles-mêmes de la branche qui les porte et en séchant dépouillent leur enveloppe; c'est ce qu'on appelle le poivre blanc, plus rare et par conséquent plus cher que le poivre noir. La couleur foncée de ce dernier provient de l'enveloppe à laquelle il reste attaché, et qui devient très brune en se séchant, mais ne nuit en rien aux propriétés de cette épice.

GEORGES.

Au total, le poivre ne me semble pas une chose fort agréable ni fort utile, c'est très différent de la vanille et même de la cannelle.

MADAME BRÉMONT.

Voilà bien le raisonnement d'un petit gourmand qui n'estime que ce qui flatte son palais. Il semble en effet que la cuisine ne perdrait pas grand'chose à se passer de poivre, et cependant il est beaucoup de mets dont il facilite la digestion; c'est surtout dans les pays excessivement chauds que son usage est, dit-on, très propre à réparer les forces que l'homme perd aisément par une trop abondante transpiration, il neutralise aussi l'effet débilitant d'une nourriture composée en majeure partie des fruits de toute espèce que l'habitant des contrées méridionales préfère ordinairement à la viande.

ALBERT.

Voilà sans doute pourquoi en Espagne et dans le midi de l'Italie, on fait un si grand usage des épices de tout genre.

MADAME BRÉMONT.

On en consomme encore plus dans l'Indoustan, surtout les Européens qui sont établis dans les Indes : affaiblis et énervés par ce climat brûlant, ils cherchent à recouvrer des forces au moyen d'une nourriture fort épicée et par l'usage habituel des boissons fortes; mais trop souvent, hélas, ils abusent de ces moyens et ne font que hâter la ruine d'une santé qu'ils auraient pu conserver en usant modérément des ressources que Dieu mettait à leur portée, pour entretenir et réparer leurs forces.

GABRIELLE.

C'est une chose fort singulière que les mêmes choses qui font du bien, prises en petite quantité, puissent faire du mal lorsqu'on en abuse.

MADAME BRÉMONT.

Dieu permet cela pour enseigner à l'homme la modération. « Usez, mais n'abusez pas, » c'est le conseil de la sagesse, et cela pour toutes choses, car ce n'est pas seulement l'excès dans le manger et dans le boire qui peut nous être nuisible, mais aussi dans bien d'autres jouissances qui, d'abord permises et légitimes, nous tournent à mal si nous nous y livrons sans mesure.

ALBERT.

J'avoue que je ne comprends pas comment des plaisirs permis peuvent nous devenir nuisibles.

MADAME BRÉMONT.

De même que Georges se rappellera certainement d'avoir été malade pour s'être laissé entraîner à manger plus de gâteaux que la modération ne le permettait, je parierai que plus d'un d'entre vous se souviendra aussi de s'être quelquefois ennuyé pour avoir joué trop longtemps.

LOUISA.

Ennuyé à force de s'amuser! mais, grand'maman, c'est impossible.

JULIETTE.

Pas aussi impossible que tu le crois, ma bonne Louisa, car souvent lorsqu'on arrive à la fin d'une soirée en entier consacrée à l'amusement, vous ne savez plus quel nouveau jeu inventer pour passer le temps et l'on entend chacun s'écrier : Que ferons-nous? comment nous amuserons-nous? et la dernière heure de votre réunion se passe plus d'une fois à discuter sur la manière dont il faudrait s'amuser, sans que pour cela on s'amuse le moins du monde.

LOUISA.

Oh ! c'est que vous autres, grandes filles, vous êtes trop difficiles dans le choix des jeux.

GABRIELLE.

Et puis, on n'en connaît pas un assez grand

nombre, il faudrait pouvoir changer chaque demi-heure.

GEORGES.

Ce serait encore facile, si vous autres, petites filles, n'y mettiez pas de la mauvaise volonté, on vous propose cinquante jeux avant que vous vous décidiez pour un ; celui-ci déplaît aux unes, celui-là ne plaît pas aux autres, celui-ci fatigue, celui-là gâte les jolies robes.

MADAME BRÉMONT.

Et c'est ainsi qu'on passe à se disputer le temps qui était consacré à la récréation ; n'est-ce pas cela, mes chers enfants?

GEORGES.

Mais c'est la faute de quelques mauvais caractères.

MADAME BRÉMONT.

Ou plutôt celle de l'absence de cette modération dont nous parlions tout à l'heure ; on apporte une telle avidité au plaisir que la satiété ne tarde pas à suivre la jouissance.

LOUISA.

Ce serait donc comme à la fin d'un grand dîner où la vue seule du dessert fait mal au cœur.

MADAME BRÉMONT.

Cela arrive surtout lorsqu'on n'a pas su jouir modérément de ce repas, et qu'entraîné par la gourmandise on a voulu goûter de tous les mets à la fois ; les meilleurs deviennent nauséabonds, et c'est beaucoup si cet excès ne rend pas malade.

GEORGES.

Oh ! nous savons bien ce que c'est qu'une indigestion, mais l'excès du plaisir n'en donnera jamais.

MADAME BRÉMONT.

Mais n'est-ce pas une espèce d'indigestion que le dégoût, l'humeur, la fatigue, qui terminent souvent ces soirées où, pendant plusieurs heures, on n'a fait autre chose que passer d'un jeu à l'autre.

GABRIELLE.

Il est bien vrai qu'on est quelquefois dégoûté

parce qu'on a épuisé toutes les manières de s'amuser, et qu'on ne sait pas inventer quelque chose de nouveau, mais cela n'arrive pas toujours, et bien souvent, lorsque ma bonne vient me chercher, je voudrais rester encore.

MADAME BRÉMONT.

La fatigue et l'ennui ne suivent pas toujours le plaisir, non plus que les indigestions les grands repas, mais cela arrive pourtant assez souvent pour nous faire comprendre que les choses les plus agréables peuvent devenir nuisibles ou fatigantes si nous en abusons.

ALBERT.

Il est vrai qu'on n'aimerait pas autant l'heure de la récréation, si elle durait tout le jour.

MADAME BRÉMONT.

C'est parce qu'elle délasse du travail et dispose à le reprendre qu'elle est vraiment précieuse.

GEORGES.

Ah ! j'aime pourtant bien le mois des congés, où l'on n'entend plus parler de maîtres ni de l çons, où l'on peut courir tout à son aise dans la campagne sans être talonné par l'heure de la classe.

MADAME BRÉMONT.

Mais si pendant les congés tu n'as pas de leçons régulières, il ne me semble pas que tu restes complétement oisif, témoin cette belle table qui est là devant la fenêtre et que tu m'as faite l'an passé.

JULIETTE.

Et les oiseaux que tu as empaillés pour décorer la cheminée de ta chambre.

GEORGES.

Mais tout cela est très amusant à faire : beaucoup plus amusant que de conjuguer des verbes latins.

MADAME BRÉMONT.

Amusant soit, mais c'est en même temps utile, comme toutes les notions d'histoire naturelle et de botanique, que votre père vous donne pendant les longues promenades qui, pourtant, sont des récréations.

JULIETTE.

Et des récréations dont on ne se lasserait jamais, je vous assure.

MADAME BRÉMONT.

Aussi ne sauriez-vous être assez reconnaissants d'avoir un père qui sait faire concourir vos plaisirs à votre développement, et vous fournir des occupations qui sont des amusements.

ALBERT.

Et une bonne grand'maman qui nous donne des soirées où l'on n'a pas besoin d'inventer de nouveaux jeux pour passer le temps.

GEORGES.

Nous avons cependant quelque chose de nouveau à entendre, c'est l'histoire des girofliers.

MADAME BRÉMONT.

Si vous voulez mettre en pratique la modération dont nous avons parlé, nous remettrons cette étude à jeudi prochain; car il est tard et votre attention doit être fatiguée; il me semble même que Louisa commence à avoir sommeil.

— Pas du tout, pas du tout, balbutia la petite fille en se frottant les yeux et se redressant sur son siége.

GEORGES.

Pour moi, j'écouterais encore volontiers pendant toute la nuit.

MADAME BRÉMONT.

Il sera beaucoup plus sage d'aller la passer dans ton lit, mon cher enfant, afin d'être prêt demain matin à l'heure des leçons, et ta mère pense sans doute comme moi, car voilà un coup de sonnette qui annonce l'arrivée du domestique qui vient vous chercher.

— Quel dommage! s'écrièrent tous les enfants en quittant leur place pour prendre congé de leur bonne grand'mère.

TROISIÈME SOIRÉE.

Le Giroflier.

Je pense que nous aurons encore besoin de l'Atlas, ce soir, dit Albert en se dirigeant vers la bibliothèque de sa grand'mère, et je vais le préparer pendant que ces demoiselles déploient leurs ouvrages.

MADAME BRÉMONT.

C'est très bien fait, mon ami, de penser aux choses à propos, on évite ainsi une grande perte de temps.

GEORGES.

Il ne me semble pas qu'on puisse en perdre

beaucoup en allant de cette table à cette armoire pour chercher un livre.

MADAME BRÉMONT.

C'est ainsi que raisonnent ordinairement les personnes qui oubliant que les heures se composent de minutes, laissent écouler une minute ci, une minute là, sans calculer combien d'heures perdues peuvent faire à la fin de la semaine toutes ces minutes additionnées. Il ne faut pas en effet beaucoup de temps pour aller chercher un livre sur ces rayons; cependant, si Albert eut attendu, pour préparer l'Atlas, que nous fussions établis autour de la table, il aurait occasionné, en quittant sa place, un petit dérangement général; sa sœur et ses cousines se seraient détournées de leur ouvrage pour le laisser passer, ou pour s'enquérir de ce qu'il allait faire, et chacune aurait ainsi perdu un moment qui pouvait être mieux employé.

GEORGES.

Mais le travail que ces demoiselles font à présent est tout à fait volontaire, c'est une espèce de récréation; elles peuvent donc se reposer quand il leur plaît, sans pour cela perdre leur temps.

MADAME BRÉMONT.

Tu ne considères donc comme obligatoire que l'emploi du temps destiné à des leçons ou à des travaux imposés comme tâches par vos parents ou par vos maîtres?

GEORGES.

Mais certainement; le reste des heures m'appartient et je puis en disposer comme bon me semble; si je les perds, tant pis pour moi.

MADAME BRÉMONT.

Oui, mon pauvre enfant, tant pis pour toi, cette expression est parfaitement juste, quoique tu n'y attaches pas le sens profond qu'elle renferme.

LOUISA.

Mais, grand'maman, est-ce un si terrible malheur que de se reposer un peu après avoir travaillé.

MADAME BRÉMONT.

Ce n'est point du repos que nous parlons ici, chère petite, il est nécessaire et légitime après le travail, mais ce que j'attaque en ce moment, c'est l'oisiveté volontaire, ou plutôt le temps mal employé.

GEORGES.

Mais n'est-ce pas une chose indifférente que la manière de passer son temps aux heures de récréation.

MADAME BRÉMONT.

Je crois qu'il est très bon et très utile de s'accoutumer à disposer de son temps avec ordre, même pendant les récréations; il n'est pas de plus mauvaise habitude que celle d'entreprendre, même en jouant, des choses que l'on ne pourra pas terminer, et lorsque je vois des enfants laisser inachevée la toilette de leur poupée, ou la mise en rang de bataille de leurs soldats, pour feuilleter un livre d'estampes qu'ils abandonnent aussitôt pour commencer à bâtir une maison qui est à son tour délaissée pour la poursuite d'un papillon ou toute autre chose aussi intéressante, je me dis avec tristesse : Voilà des jeunes gens qui manquent de persévérance, d'ordre dans les idées, de force de volonté et qui pourront bien plus tard ne pas réussir dans la carrière qu'ils embrasseront.

GEORGES.

Oh! je comprends alors, chère grand'maman, le sens que vous donnez au tant pis pour moi, qui m'est échappé.

MADAME BRÉMONT.

Oui, mon ami! malheur au jeune enfant qui croit n'être responsable que des heures que ses parents lui ont ordonné d'employer à apprendre un verbe, ou à faire une version; il se prépare bien mal à devenir un jour un homme.

ALBERT.

Il est donc très important pour nous, de comprendre le prix du temps et de le mettre à profit.

MADAME BRÉMONT.

Une des principales choses qui distinguent l'homme de l'enfant, c'est le sentiment des responsabilités morales volontairement acceptées, et celui qui recule devant les devoirs qu'elles imposent, risque fort de n'être, pendant toute sa vie, qu'un grand enfant.

GEORGES.

[illegible] x alors devenir dès aujourd'hui responsable de l'emploi de mon temps, et ne plus laisser passer une minute sans faire quelque chose d'utile.

MADAME BRÉMONT.

Voilà, mon cher enfant, une exagération qui dévoile un épouvantable orgueil.

GEORGES.

Mais, grand'maman, n'est-ce pas une excellente résolution que je prends là?

MADAME BRÉMONT.

Résolution inexécutable, d'abord parce qu'à ton âge, ni à aucun âge d'homme, il n'est possible de donner à chaque minute de l'existence un résultat utile, ensuite parce que tu parais ne compter que sur tes propres forces pour atteindre ce but, et tu dois bien savoir pourtant que sans le secours de Dieu nous ne pouvons rien faire de bien ni de bon.

GEORGES.

Oh! mais il est bien entendu que Dieu m'aidera, si je le lui demande.

MADAME BRÉMONT.

Eh bien, mon cher enfant, demande-lui de te donner de comprendre que le temps est un bienfait dont tu lui es redevable, et de t'enseigner aussi à lui témoigner ta reconnaissance, en employant tes journées d'une manière qui lui soit agréable.

JULIETTE.

Ce serait une chose bien précieuse, si chaque matin nous pouvions savoir positivement comment Dieu voudrait que nous remplissions la journée.

MADAME BRÉMONT.

Nous n'avons pas besoin pour cela de recevoir chaque jour un ordre particulier, il suffit d'être attentifs à tous ceux que renferment les saintes Ecritures, car c'est en les appliquant à propos aux différentes circonstances de notre vie, que nous pouvons être agréables à Dieu.

ALBERT.

Alors vous croyez, chère grand'maman, que le bon emploi du temps consiste à remplir avec exactitude tous ses devoirs.

MADAME BRÉMONT.

Il consiste surtout à se placer constamment en présence de Dieu, à ne rien faire, à ne rien dire qu'avec le sentiment que son œil nous voit et nous suit; alors, certainement, les heures de repos et de récréation, aussi bien que celles du travail, seront utiles à notre développement, et le temps que Dieu veut que nous passions sur la terre pour l'éducation de nos âmes ne sera pas perdu.

LOUISA.

Mais ce n'est pas une chose bien facile, chère grand'maman, de penser à Dieu en habillant sa poupée ou en jouant au volant, je crois même que cela m'attristerait trop pour que je pusse continuer à m'amuser.

MADAME BRÉMONT.

Es-tu donc si triste, ma chère enfant, lorsque ton père est en voyage et que tu songes à son retour?

LOUISA.

Oh! grand'maman, mon plus grand plaisir, au contraire, est de me figurer qu'il arrive, que je me jette dans ses bras, qu'il nous raconte ses aventures et qu'il nous donne les petits cadeaux qu'il ne manque jamais de nous rapporter. Quelquefois, tandis que je joue avec mes petits frères, il me semble entendre le bruit de la voiture, j'abandonne tout pour courir à la fenêtre et je reviens toute capote lorsque je me suis trompée.

MADAME BRÉMONT.

Ces sentiments sont fort naturels, mais d'où vient que tu n'en éprouves pas de semblables en songeant à Dieu, que chaque jour en priant tu appelles ton Père.

LOUISA.

Oh! grand'maman, c'est que...c'est que... c'est bien différent... on a toujours une certaine crainte en pensant à Dieu.

MADAME BRÉMONT.

Hélas! cette crainte vient du sentiment instinctif de l'état de péché qui nous tient éloignés de Dieu, et cependant n'est-il pas pour nous tous un aussi tendre père que le tien peut l'être pour toi, ma chère Louisa.

GEORGES.

Il est bien vrai que nous devons à Dieu tout ce que nous sommes et tout ce que nous possédons, mais nous pensons plus volontiers aux parents, que nous aimons et connaissons, qu'au Dieu que nous n'avons jamais vu.

MADAME BRÉMONT.

Ne le voyons-nous pas constamment dans ses œuvres, et tout autour de nous et au dedans de nous, ne nous révèle-t-il pas son existence et sa bonté? mais notre ingratitude nous ferme les yeux, car si nous avions un peu de reconnaissance pour les biens dont il nous comble, il ne nous serait pas difficile de penser à lui comme à un bon père absent que nous devons retrouver un jour, pour lui raconter la manière dont nous aurons employé le temps qu'il nous ordonne de passer sur cette terre.

GABRIELLE.

Je veux tâcher de me répéter souvent que le temps appartient à Dieu comme toutes choses, et ne plus négliger de prier Dieu pour apprendre à le bien remplir.

MADAME BRÉMONT.

J'espère que le vœu que tu viens d'exprimer est celui de tous vos cœurs ; le Seigneur veuille le bénir et vous donner d'employer utilement le reste de la soirée, en étudiant une de ses œuvres.

LOUISA.

Ah ! ce pauvre giroflier, nous l'avions presque oublié, n'est-ce pas de lui dont vous allez nous parler, grand'maman ?

MADAME BRÉMONT.

Oui, ma petite, et nous commencerons par chercher sur la carte les îles Moluques, pays où il croît avec une grande abondance.

GEORGES.

Ah ! voici un petit archipel dans la mer d'Asie ; il y a trois groupes très distincts, dont chacun se compose de plusieurs îles.

MADAME BRÉMONT.

Il est connu sous le nom d'archipel des Moluques : l'un des groupes d'îles porte le nom d'Amboine, un autre de Baneda et le plus grand celui de Moluques proprement dites; on les désigne encore sous le nom d'îles à épices, à cause de la richesse, de la beauté de leur végétation et de l'abondance de girofliers et de muscadiers qui les couvrent.

JULIETTE.

Nous parlerons donc aussi de la muscade, grand'maman?

MADAME BRÉMONT.

Cette épice est d'un usage bien moins général que le girofle, la cannelle et le poivre, bien qu'elle croisse en général dans les mêmes contrées.

GEORGES.

J'en ai vu à la cuisine, ce sont de petites boules qui ressemblent assez aux *mapis*.

MADAME BRÉMONT.

C'est cette forme arrondie qui a fait donner à ce fruit le nom de noix qu'on joint généralement à celui de muscade, il croît sur un arbre assez semblable au giroflier, et se conserve comme le poivre en séchant au soleil.

ALBERT.

Je pense que le girofle est aussi le fruit de quelque arbre à épice, qu'on fait sécher lorsqu'il est mûr.

MADAME BRÉMONT.

Non, mon ami, c'est une fleur à laquelle on ne donne pas le temps de produire son fruit. Le giroflier est un bel arbre de vingt-cinq à trente pieds de haut, dont le tronc assez droit se termine par un bouquet de branches horizontales, garnies de longues feuilles vertes, entre lesquelles se développent de nombreuses grappes de fleurs qui, avant leur complet épanouissement, ont presque la forme du clou.

LOUISA.

Mais cela doit ressembler au lilas.

MADAME BRÉMONT.

Ta comparaison me semble juste, seulement je me figure la fleur du giroflier un peu plus grosse que celle du lilas. C'est avant que ces fleurs soient tout à fait épanouies, et tandis qu'elles renferment encore l'embryon de leur fruit, qu'on les cueille pour les faire sécher et en obtenir cette épice connue dans le commerce sous le nom de clou de girofle.

ALBERT.

Ce doit être une immense récolte dans les plantations un peu considérables, puisque chaque arbre porte de nombreuses grappes de fleurs ?

MADAME BRÉMONT.

Oui, mais en séchant elles se réduisent beaucoup et deviennent si légères, qu'il ne faut pas moins de cinq mille clous pour une livre, aussi l'arbre le plus productif donne à peine deux livres d'épices.

JULIETTE.

Ainsi ces petits clous si noirs, si laids, et d'une odeur peu agréable, à mon avis, ont été une fraîche et gracieuse fleur ?

MADAME BRÉMONT.

Et seraient devenus un joli fruit si on avait voulu leur laisser le temps de se développer.

GEORGES.

Ces fruits sont-ils bons à manger ?

MADAME BRÉMONT.

Quoique leur odeur soit, dit-on, agréable et leur goût fort aromatique, ils ne trouvent pas, je crois, beaucoup d'amateurs et on ne les emploie guère que comme semence.

ALBERT.

Le giroflier ne se propage donc pas par boutures, comme le poivrier.

MADAME BRÉMONT.

Non, et ce fut dans le temps le sujet d'un grand mécompte pour les Hollandais.

GEORGES.

Comment cela, je vous prie ; ne devait-il pas leur être indifférent de planter une bouture ou d'ensemencer un noyau ?

MADAME BRÉMONT.

Quant à ce qui concerne la culture de l'arbre, je crois bien que cela leur était indifférent, mais, guidés par une ambition commerciale aussi injuste qu'égoïste, ils voulaient garder pour eux seuls le monopole de cette épice.

ALBERT.

Les îles Moluques appartiennent donc aux Hollandais.

MADAME BRÉMONT.

Elles furent découvertes par les Portugais en 1510, mais les Hollandais s'en emparèrent en 1607. Le giroflier, fort peu apprécié alors, croissait en grande abondance dans toutes ces îles, mais les nouveaux occupants arrachèrent partout cet arbre, sauf à Amboine et à Ternate, où ils en soignèrent beaucoup la culture, afin d'importer en Europe une épice dont ils espéraient rester seuls possesseurs; mais Dieu déjoua ces avides calculs par le plus simple des moyens : les oiseaux qui se nourrissent des fruits du giroflier en dispersèrent la semence et concoururent ainsi à sa reproduction dans des contrées que la vigilance des Hollandais ne pouvait atteindre. Cet arbre croît aujourd'hui en grande abondance dans l'île de Java et à Cayenne.

GABRIELLE.

Oh ! que je suis contente que ces vilains égoïstes de Hollandais aient été ainsi attrapés.

MADAME BRÉMONT.

C'était assurément fort mal à eux de vouloir profiter seuls des produits d'un arbre qui pouvait être cultivé avec succès dans d'autres pays, mais est-ce bien à toi de te réjouir de la peine que doivent nécessairement éprouver les planteurs lorsque la concurrence vient réduire de moitié le prix de leur récolte?

GABRIELLE.

Mais ils le méritaient bien, chère grand'maman.

MADAME BRÉMONT.

De ce que tu mérites d'être punie, lorsque tes parents t'infligent un châtiment, s'ensuit-il que tes frères et sœurs fassent bien de s'en réjouir.

— Oh! chère grand'maman, balbutia Gabrielle en rougissant.

MADAME BRÉMONT.

De même qu'il n'est pas d'enfant qui ne s'attire parfois la correction paternelle, il n'est pas non plus d'homme fait qui ne mérite d'être repris et châtié de Dieu ; mais au lieu de vous réjouir lorsque les coupables sont punis, ne devriez-vous pas, tout en admirant la sagesse et la justice de Dieu, être humiliés en reconnaissant que si chacun de nous recevait selon ce qu'il mérite, des épreuves et des châtiments sans nombre fondraient inévitablement sur nous.

JULIETTE.

Il est vrai que l'égoïsme dont firent preuve les Hollandais, se présente souvent sous d'autres formes dans notre cœur.

GEORGES.

Et pourtant tout le monde ne voit pas ses injustes calculs déjoués comme ceux des colons des îles Moluques.

ALBERT.

Te rappelles-tu, Georges, ce que l'on nous dit il y a quelque temps à l'école du dimanche, à propos de l'éboulement de la tour de Siloé ?

GEORGES.

Qu'en tombant elle écrasa dix-huit hommes !

ALBERT.

Mais le Seigneur Jésus dit à ses disciples : « Croyez-vous que ces dix-huit sur qui la tour de « Siloé tomba fussent plus coupables que tous « les habitants de Jérusalem... » Et M. B... nous fit remarquer que ce châtiment, infligé à quelques personnes qui n'étaient pas plus coupables que le reste de la population, était destiné à en avertir un grand nombre que la miséricorde de Dieu avait épargnées, quoiqu'elles méritassent aussi sa colère.

JULIETTE.

Et je me souviens qu'il ajouta que toutes les fois que nous voyons un malheur, une épreuve ou un châtiment atteindre l'un de nos semblables, nous devons rentrer en nous-mêmes pour examiner si nous ne mériterions pas autant et plus que lui d'être affligés.

GEORGES.

Oui, oui, et je me souviens qu'il dit aussi que la reconnaissance que nous éprouvons d'avoir été épargnés doit nous porter à la vigilance, et à faire des efforts pour nous corriger des défauts à cause desquels nous sentons que l'on aurait pu nous châtier.

MADAME BRÉMONT.

Je suis bien aise, chers enfants, que vous vous rappeliez ces excellentes paroles; Dieu veuille qu'elles ne s'arrêtent pas dans votre intelligence, mais que, gravées dans votre cœur, elles vous enseignent l'humilité et la charité.

— Je tâcherai, à l'avenir, de n'être plus si contente lorsque j'apprendrai que quelqu'un a été puni de ses fautes, dit tout bas Gabrielle à sa grand'mère, en lui donnant le baiser d'adieu.

— Que le Seigneur bénisse cette résolution et t'aide à lui rester fidèle, répondit la vieille dame en serrant les mains de l'enfant.

QUATRIÈME SOIRÉE.

La Betterave, l'Erable.

C'est assez singulier, disait Georges, en plongeant dans sa tasse un second morceau de sucre, que tout ce que nous avons de meilleur nous vienne d'outre-mer, ce serait bien plus agréable si nous avions dans notre campagne des buissons de thé, des arbres à café, et un champ de cannes à sucre, au lieu d'attendre que tout cela nous vienne d'Asie et d'Amérique.

ALBERT.

Et penses-tu que nous n'ayons rien de bon à envoyer aux Chinois et aux Américains, en échange de leur thé et de leur café?

GEORGES.

En tout cas, rien d'aussi bon que le sucre avec lequel on fait tant de friandises que nous ne connaîtrions pas sans lui !

MADAME BRÉMONT.

Le sucre est en effet très précieux pour les gourmands, mais ne fût-ce que par reconnaissance, ils devraient étudier l'histoire, et ils sauraient alors qu'on peut s'en procurer ailleurs qu'en Amérique.

GEORGES.

Mais papa nous a raconté que le sucre était la moelle d'une espèce de roseaux qui croît à Saint-Domingue et dans tous les pays aussi chauds. On porte en Europe de grands chargements de ces roseaux appelés cannes à sucre ; on extrait leur moelle qui, d'abord jaunâtre et gluante, doit subir une préparation pour devenir le beau sucre blanc que voilà.

LOUISA.

Je me souviens que mon oncle nous a montré un soir des gravures représentant l'intérieur d'une raffinerie; il y avait de grandes chaudières dans lesquelles on fait bouillir le sucre pour le purifier avec divers ingrédients, puis des moules dans lesquels on le met pour lui donner la forme de pains.

GEORGES.

Et papa nous a aussi expliqué comment se faisait toute cette préparation.

MADAME BRÉMONT.

Je suis convaincue que vous savez parfaitement, comme presque tous les enfants de votre âge, tout ce qui concerne la culture et la fabrication du sucre des colonies, mais je suis étonnée que vous ne sachiez pas aussi qu'il croît en Europe un végétal avec lequel on fabrique du sucre aussi beau et aussi doux que celui qui provient de la moelle des cannes. Je suppose même que le morceau de sucre que Georges admirait tout à l'heure n'est pas originaire d'Amérique.

GEORGES.

Ce qu'il y a de positif, c'est qu'il n'a pas poussé dans notre jardin.

MADAME BRÉMONT.

Ce jardin offre cependant tous les jours à tes yeux une planche où croissent des racines qui peuvent se convertir en sucre.

GEORGES.

Oh ! chère grand'maman, vous vous moquez, c'est impossible qu'il existe dans votre jardin une plante aussi précieuse sans que je l'aie remarquée.

MADAME BRÉMONT.

Elle paraît pourtant quelquefois sur la table de tes parents.

ALBERT.

Serait-ce la betterave, chère grand'maman ? Je me souviens à présent d'avoir entendu parler une fois du sucre de betteraves, mais je ne m'étais pas demandé si ce sucre avait quelque chose de commun avec la racine dont les vaches se régalent.

MADAME BRÉMONT.

Eh bien ! ce sucre si blanc, si beau, n'est autre chose que le suc de cette racine.

GEORGES.

Mais, chère grand'mère, si cela était possible, tout le monde aurait dans sa campagne d'immenses champs de betteraves pour faire une provision de sucre.

MADAME BRÉMONT.

D'abord tous les hommes n'attachent pas autant de prix que toi à une grande provision de sucre, et puis il ne suffit pas de planter un champ de betterave pour atteindre ce but, car on n'extrait pas aussi facilement le sucre de cette racine, qu'on fait de la confiture aux cerises ou aux abricots, il faut pour cela des usines considérables qui entraînent de grands frais d'établissement et d'exploitation.

LOUISA.

Ces usines sont sans doute de grandes raffineries comme celles où l'on purifie le sucre de cannes.

MADAME BRÉMONT.

Elles ont en effet beaucoup de rapport.

GEORGES.

Oh! que j'aimerais savoir comment on a découvert que la betterave contenait du sucre, et comment on s'y prend pour l'extraire.

MADAME BRÉMONT.

Cette découverte est due en partie à la nécessité : il y eut, dans le commencement du siècle, un moment où la France craignit de se voir tout à fait privée de sucre. On chercha alors à le remplacer par le miel, le sirop de raisin, enfin par plusieurs productions du pays, et ce fut ainsi qu'on découvrit toute la valeur de la betterave.

ALBERT.

Mais qu'est-ce qui occasionnait cette disette de sucre, chère grand'maman ?

MADAME BRÉMONT.

Une mesure politique d'un homme que tu admires beaucoup : Napoléon, en hostilité avec l'Angleterre, voulut ruiner le commerce de ce royaume en prohibant en France toute marchandise de fabrication anglaise, il exigea même que tous les souverains, dont il avait fait ses alliés après les avoir vaincus, prissent la même mesure dans leurs Etats. Les Anglais, pour se venger de ce que les productions de leurs nombreuses et florissantes colonies trouvaient peu d'écoulement en Europe, usèrent de leurs grandes forces maritimes pour bloquer nos ports de mer et attaquer en même temps des colonies que nous ne pouvions pas aller défendre, de sorte qu'il n'arriva bientôt plus en France ni coton, ni café, ni sucre, et le prix de cette dernière denrée s'éleva à dix francs la livre.

JULIETTE.

Il devait y avoir beaucoup de personnes obligées de s'en passer, les pauvres gens ne devaient même pas pouvoir s'en procurer lorsqu'ils étaient malades.

MADAME BRÉMONT.

Beaucoup de privations résultèrent sans aucun doute de cet état de choses, aussi l'agitation des esprits fut grande lorsqu'un jour certains journaux annoncèrent qu'on pouvait extraire de la betterave du sucre rivalisant avec celui des colonies.

GEORGES.

Ce dut être une joie générale.

MADAME BRÉMONT.

Pas précisément, car cette nouvelle fut d'abord accueillie avec défiance ; on se demandait s'il était possible qu'une racine qu'on avait jusqu'alors mangée en salade, pût remplacer la canne à sucre; on accusa de charlatanisme les auteurs et les propagateurs de la découverte; mais lorsque les premiers essais eurent réussi et que le sucre de betterave, répandu sur plusieurs points de la France, fut un résultat certain et palpable, on attaqua sa qualité, les uns prétendirent qu'il ne sucrait pas les liquides dans lesquels il se dissolvait; d'autres, qu'il contenait des substances malsaines; enfin, cette découverte qui n'aurait dû rencontrer qu'encouragement et approbation, eut de nombreux détracteurs qui lassèrent bien souvent la persévérance des cultivateurs de betteraves.

ALBERT.

Mais il paraît que leur cause a finalement

triomphé, puisque voilà de ce sucre sur votre table.

MADAME BRÉMONT.

Aujourd'hui toutes les préventions sont tombées, et le sucre de betterave, ayant cours dans le commerce presqu'à l'égal du sucre des colonies, est devenu une source de prospérité pour la France.

JULIETTE.

Mais alors, voilà le commerce des colonies ruiné.

MADAME BRÉMONT.

Pas du tout, la consommation ayant augmenté en proportion de la baisse du prix, les planteurs de cannes font très bien leurs affaires malgré la concurrence des planteurs de betteraves.

LOUISA.

Mais vous ne nous avez pas encore dit, grand'-maman, comment on extrait le sucre de la betterave.

MADAME BRÉMONT.

La fabrication est simple et facile : on récolte

les betteraves en automne, à peine les a-t-on arrachées à la terre qu'on les broie entre des rouages, qui réduisent leur chair en fils déliés comme les vermicelles, on met cette pâte dans des sacs de grosse toile, qu'on place sur un pressoir; le jus recueilli avec soin, passe immédiatement dans les chaudières où il subit des cuissons graduées, jusqu'à ce que bien clarifié, il arrive à la consistance de sirop. Ce sirop en se refroidissant se convertit en une espèce de cassonade qui ne diffère en rien de celle des colonies; on use alors pour la raffiner et la mettre en pains des mêmes procédés que pour le sucre de cannes.

GEORGES.

Je crois bien que je ne passerai plus désormais aussi dédaigneusement à côté de notre planche de betteraves.

GABRIELLE.

Je ne serais même pas étonnée si tu portais envie aux vaches qui en font leur nourriture.

GEORGES.

Oui, si la betterave avant de tomber dans leur crèche avait passé par la raffinerie.

ALBERT.

Tu es un fameux gourmand, on peut le dire sans calomnie, et cependant je crois que tu serais bientôt lassé de repas tout composés de sucre.

GEORGES.

Nul doute que je préférerais que ce sucre fût mêlé à de la crême ou du fruit.

GABRIELLE.

Mais à défaut de ce mélange, tu ne redouterais pas d'en croquer quelques morceaux sans assaisonnement.

JULIETTE.

N'y a-t-il pas, chère grand'maman, dans les forêts d'Amérique un arbre dont on retire aussi quelque chose d'assez semblable au sucre.

MADAME BRÉMONT.

De tellement semblable, que lorsqu'il est bien raffiné on pourrait le confondre avec le sucre des colonies, ou celui de betteraves.

GEORGES.

Et comment se nomme cet arbre, je vous prie?

MADAME BRÉMONT.

C'est l'érable, plus généralement connu en Europe sous le nom de sycomore.

ALBERT.

Son bois n'est-il pas fort recherché par les ébénistes ?

MADAME BRÉMONT.

Oui, l'érable des Etats-Unis dont le grain fin et poli est susceptible de recevoir un plus beau vernis que le nôtre. L'érable d'Europe est surtout employé par les armuriers et les arquebusiers, à cause de sa dureté; il sert aussi à faire des parquets et des lambris pour l'intérieur des maisons, et comme bois de chauffage, il donne plus de chaleur qu'aucun autre, même que le chêne.

LOUISA.

C'est sans doute un bien grand arbre?

MADAME BRÉMONT.

Très grand, et parfaitement gracieux, ses feuilles, beaucoup plus longues que celles du chêne, élégamment découpées et d'un vert foncé, ornent, ainsi que ses fleurs disposées en grappes pendantes, ses longues et flexibles branches, que le vent fait plier en tous sens, sans jamais réussir à les rompre, quelle que soit sa violence.

GABRIELLE.

C'est comme le bouleau qui est devant la fenêtre de ma chambre, à la campagne.

MADAME BRÉMONT.

Avec la différence, que le tronc du bouleau, devenant à une certaine élévation aussi flexible que ses branches, tout l'arbre ondule au gré des vents, tandis que les branches seules de l'érable sont agitées.

GEORGES.

Sont-ce ses belles grappes de fleurs qui donnent le sucre.

MADAME BRÉMONT.

Non, mon ami, le sucre que fournit une certaine espèce d'érable, se trouve contenu dans la moelle du tronc; cet arbre croît spontanément et en grande abondance dans les forêts de l'Amérique du Nord, son bois est comme celui de nos érables, fort recherché par les charpentiers et même pour la construction des navires, mais ce qui le distingue plus particulièrement de tous les autres arbres connus, c'est l'abondance de sa sève, avec laquelle on fabrique un sucre excellent et fort beau.

GEORGES.

Croyez-vous, grand'maman, qu'on en vende chez votre épicier; et que nous en mangions quelquefois?

MADAME BRÉMONT.

Je ne pense pas que ce sucre soit jamais arrivé jusqu'à nous, du moins pour circuler dans le commerce, le transport depuis l'intérieur des terres jusqu'aux ports de mer d'Amérique, augmenterait trop les frais, et je présume qu'il est généralement consommé dans le pays où on le récolte.

JULIETTE.

Peut-être que dans ces contrées on ne connaît

pas la betterave, et la canne à sucre n'y saurait croître à cause du froid; leurs habitants sont donc fort heureux de posséder l'érable.

MADAME BRÉMONT.

Certainement, et nous pouvons admirer dans cette disposition la bonté de Dieu qui, par divers moyens, pourvoit aux besoins de ses créatures sur toute la surface du globe. Le sucre qui semble si indispensable à la nourriture et au bien-être de l'homme, peut être recueilli sous tous les climats, car si les pays chauds ont la canne et les tempérés la betterave, les froides régions du Nord possèdent l'érable.

JULIETTE.

C'est vraiment admirable !

MADAME BRÉMONT.

Si nous étions plus attentifs à discerner la main de Dieu en toutes choses, nous serions touchés de la sollicitude paternelle qui ressort des moindres détails, et notre cœur saurait être reconnaissant pour tant de bienfaits dont nous jouissons souvent sans les reconnaître.

ALBERT.

Il est vrai que l'habitude d'avoir toujours ce qui est nécessaire pour la nourriture et les vêtements, fait qu'on ne songe jamais que ces choses-là pourraient un jour nous manquer tout à coup.

ELL E.

Mais lorsqu'on est riche on n'a rien de pareil à craindre;avec de l'argent on peut toujours se procurer du pain et des habits.

GEORGES.

Et même du sucre et des brioches.

MADAME BRÉMONT.

Et tout en jouissant de ces choses que l'argent peut procurer, on néglige de remonter à leur source première et de remercier Dieu qui fait croître le blé avec lequel on fait le pain et les brioches.

ALBERT.

Et qui fait naître et vivre les moutons sur le dos

desquels on prend de la laine pour fabriquer les étoffes de nos habits.

LOUISA.

Et mûrir les fruits dont nous nous régalons si volontiers.

MADAME BRÉMONT.

Oui, mes chers enfants, c'est de la main de Dieu que nous tenons toutes choses, d'un mot il pourrait frapper la terre de stérilité; et alors vos parents auraient beau avoir de l'argent dans leur coffre, vous n'en seriez pas moins privés de vêtements et de nourriture.

GABRIELLE.

Et par conséquent réduits à mourir de faim et de froid ; mais ce serait affreux !

MADAME BRÉMONT.

Affreux, en effet ; mais la bonté de Celui qui prend soin des petits oiseaux et qui compte même les cheveux de notre tête, nous préservera, je l'espère, d'une pareille calamité, quoique l'ingratitude de nos cœurs semble souvent la mériter.

GEORGES.

Oh ! je veux désormais remercier Dieu de chaque bouchée de pain que je mangerai.

MADAME BRÉMONT.

Il ne faut jamais prendre de résolution extrême, mon cher enfant; tu mangeras encore beaucoup de pain et d'autres bonnes choses, sans songer à celui qui te les donne ; mais je voudrais seulement que tu fusses désormais plus attentif à la prière que ton père prononce avant chaque repas, et à laquelle, je le crains, ton cœur s'associe bien rarement.

Georges rougit et baissa la tête, tandis que la petite Louisa s'écriait :

— C'est qu'on est quelquefois si pressé de dîner, qu'on aimerait beaucoup mieux déplier sa serviette que de joindre les mains pour écouter une prière.

MADAME BRÉMONT.

Cette prière est cependant fort courte, ce sont quelques paroles de remercîment que, trop souvent, hélas ! on prononce et on écoute par formalisme, tandis qu'elles devraient être l'expression bien sentie d'une profonde reconnaissance.

ALBERT.

Vous avez bien raison, chère grand'maman; mais il me semble qu'après les réflexions que nous venons de faire aujourd'hui, nous serions très coupables si à l'avenir nous ne remercions pas sincèrement Dieu pour cette nourriture qu'il nous donne bien réellement.

JULIETTE.

Oui, nous serions extrêmement coupables.

GABRIELLE.

Ah ! je veux chaque jour, en m'asseyant à table, penser que si Dieu n'avait préservé nos campagnes de sécheresse ou d'inondations, nous pourrions être dans la disette.

MADAME BRÉMONT.

Le Seigneur veuille, chers amis, entretenir lui-même ces bons sentiments dans vos cœurs, et vous verrez que la reconnaissance ajoute un grand prix à la possession de chaque chose. Mais revenons à notre sucre d'érable.

GEORGES.

Je viens de déplier la carte d'Amérique et je me figure là, dans ces contrées encore si peu peuplées, ces vastes forêts aux beaux arbres dont le tronc découle du sucre.

GABRIELLE.

Oui, comme dans ces contes des fées que tu aimes tant, où des ruisseaux de lait traversent des prairies plantées d'arbres qui portent des petits pâtés tout chauds.

GEORGES.

Vous trouvez toujours matière à raillerie, mademoiselle Gabrielle, et cependant ici je n'ai fait que rappeler un fait réel; car grand'maman nous a dit tout à l'heure que c'était du tronc de l'érable que sortait le sucre.

MADAME BRÉMONT.

Seulement il n'en découle pas tout raffiné, et sans que les hommes facilitent sa sortie ; cette récolte, comme toute autre, présente l'accomplissement de cette parole prononcée par Dieu, après la chute (Genèse III) : *L'homme mangera son pain à la sueur de son front.*

LOUISA.

Est-ce donc bien difficile d'extraire le sucre d'érable.

MADAME BRÉMONT.

Pas très difficile ; mais il faut un peu de travail comme pour recueillir tant d'autres choses que la terre produit cependant avec abondance. Lorsque la sève est en mouvement dans les érables, ce qui arrive ordinairement au mois de mars, on perce chaque tronc d'arbre de plusieurs trous ronds, placés à quatre ou cinq pouces l'un de l'autre, puis l'on introduit dans ces trous de petits tuyaux en bois de sureau, et l'on ne tarde pas à voir une liqueur transparente et limpide se montrer à l'orifice de ces tuyaux et tomber goutte à goutte dans un vase de bois blanc placé au pied de l'arbre pour la recueillir. A mesure que ces vases se remplissent, leur contenu est versé dans de grands tonneaux qui sont à leur tour vidés dans d'immenses chaudières placées au centre de la forêt que l'on exploite.

ALBERT.

Ainsi l'opération de la cuisson se fait en plein air.

MADAME BRÉMONT.

On évite ainsi le double transport de la sève d'érable et du bois de chauffage, ce qui serait assez compliqué et dispendieux dans un pays où les habitations sont à une grande distance les unes des autres et les chemins peu praticables.

JULIETTE.

Alors le même bois qui a donné le sucre fournit le bois pour le cuire ; c'est assez commode cela.

GEORGES.

Et les propriétaires, après avoir recueilli la sève brute, retournent chez eux en emportant de beaux pains de sucre blanc.

MADAME BRÉMONT.

Cela ne se passe pas tout à fait ainsi, mon enfant; les propriétaires, après plusieurs semaines de travail, n'emportent que des barriques d'un sirop très épais, qui, pour devenir du sucre blanc, doit subir la même préparation dont on use pour raffiner le sirop de betterave ou la cassonade des cannes à sucre.

ALBERT.

Plusieurs semaines de travail, avez-vous dit, chère grand'maman, mais je ne comprends pas à quoi l'on peut employer tout ce temps.

MADAME BRÉMONT.

A laisser couler et à recueillir la sève d'érable qui ne sort que fort lentement. Dans les bonnes années chaque arbre peut fournir environ quatre-vingts livres de sucre, mais il met plus d'un mois à les donner, et il faut chaque jour porter dans les chaudières la sève recueillie et la faire bouillir pour éviter la fermentation.

GEORGES.

Doit-elle cuire très longtemps, je vous prie?

MADAME BRÉMONT.

Il y a une première cuisson dont la durée n'est

pas déterminée, qui consiste à laisser bouillir lentement la sève, jusqu'à ce que, par suite de l'évaporation, elle soit arrivée à consistance de sirop; on la passe alors à travers une couverture ou une étoffe de laine grossière, afin de la séparer de tous les corps étrangers qui pourraient s'y trouver mêlés; après cette opération on la verse dans une nouvelle chaudière qu'on ne remplit pas tout à fait, et on la soumet alors à l'action d'un feu très vif et continu. On reconnaît que la cuisson est à point, lorsqu'en passant une goutte de liqueur entre les doigts on y sent quelques petits grains.

LOUISA.

Et c'est ce sirop que l'on porte aux raffineries pour en faire du sucre blanc.

MADAME BRÉMONT.

Oui, mon enfant; après que ce sirop a subi les procédés ordinaires du raffinage il devient du sucre aussi blanc et aussi beau que tous les autres, mais les naturels du pays emploient souvent le sirop sans lui faire subir les dernières préparations.

JULIETTE.

Et les arbres ne meurent-ils pas d'épuisement après avoir fourni une pareille récolte.

MADAME BRÉMONT.

Ils peuvent être exploités de cette manière, au moins pendant vingt ans ; et après, nous avons déjà vu quel excellent parti on peut tirer de leur bois.

GEORGES.

Puisque l'érable croît en Europe, ne pourrait-on pas profiter aussi de sa sève pour accroître la production du sucre sur notre continent.

MADAME BRÉMONT.

On a bien fait quelque chose dans ce genre, mais seulement pour constater que la sève des érables d'Europe pouvait aussi bien se convertir en sucre que celle des érables américains, mais on ne pourrait songer à une récolte sérieuse de ce genre, dans un pays où l'accroissement de la population rend le terrain trop cher et trop précieux pour qu'on puisse laisser de l'espace aux forêts que nécessiterait la culture de l'érable ; c'est beaucoup si l'on n'empiète pas sur les modestes champs de betteraves pour bâtir des maisons.

JULIETTE.

C'est une chose curieuse, chère grand'maman, qu'il y ait des portions de la terre tellement peuplées, tandis que d'autres sont presque désertes.

GEORGES.

Il me semble que les hommes devraient s'entendre pour se répartir également sur toute la surface du globe.

MADAME BRÉMONT.

Ce serait peut-être une sage résolution, mais bien difficile à exécuter.

ALBERT.

Pas si difficile, il me semble; une partie des habitants des pays trop peuplés n'aurait qu'à vider la place pour aller s'établir dans une de ces contrées où la terre appartient au premier occupant.

GABRIELLE.

Et outre le plaisir du voyage, ils auraient encore celui de coloniser, de vivre pendant les premières années de leur transplantation, absolument comme Robinson Crusoé, sauf la société de plus.

MADAME BRÉMONT.

Et crois-tu que ce fût aussi un grand plaisir de dire un éternel adieu au pays qui vous a vu naître, aux amis qui ont entouré votre enfance, aux habitudes dans lesquelles on a vieilli?

ALBERT.

C'est vrai, je ne pensais pas à cela; mais toute une famille partirait ensemble, et alors il y aurait peu de chose à regretter.

MADAME BRÉMONT.

On n'émigre pas à tout âge, mon enfant; il faut être jeune et fort pour supporter la vie de colon; aussi en supposant que vous alliez jamais la tenter, vous êtes assuré de me laisser en arrière.

JULIETTE.

Oh ! alors aucun de nous ne partirait.

MADAME BRÉMONT.

Et vous remercieriez Dieu qui vous conserve les moyens de vivre dans votre patrie, tandis que tant de pauvres gens sont contraints, par l'impérative nécessité d'abandonner leur foyer pour aller demander à une terre étrangère, le pain que leur procurera un dur labeur.

GEORGES.

Ce n'est donc pas si amusant d'émigrer ; jusqu'à présent je n'avais vu en perspective pour tant de personnes qui vont coloniser que les découvertes et les émotions de Robinson Crusoé et du Robinson suisse ; mais je comprends qu'il doit y avoir bien de la peine à quitter son pays lorsqu'on ne connaît pas encore celui où l'on va s'établir.

MADAME BRÉMONT.

Et même lorsqu'on le connaît et qu'il a en partie répondu à votre attente, il doit y avoir bien de la mélancolie et de l'amertume dans les souvenirs qui viennent assaillir le cœur sous un ciel étranger.

ALBERT.

Vous n'approuvez donc pas les personnes qui émigrent, chère grand'maman.

MADAME BRÉMONT.

Bien au contraire, mon enfant, je crois qu'il est sage, très sage à l'homme qui ne peut plus trouver les moyens de nourrir sa famille dans notre vieille Europe, de la transporter dans un pays qui lui offrira plus de ressources, mais je ne me fais aucune illusion sur l'étendue des sacrifices que lui imposera l'accomplissement de ce devoir. La génération qui se transplante souffrira beaucoup, mais les générations futures ont tout à gagner en s'élevant sur un territoire assez vaste pour fournir à la subsistance de tous ceux qu'il voit naître. Nous pouvons donc avoir de la compassion pour les émigrants, mais il serait injuste de les blâmer.

JULIETTE.

Et nous devons surtout sentir vivement le bonheur de n'être pas réduits à une pareille nécessité.

MADAME BRÉMONT.

Et de ce bonheur, comme de toutes choses, dire : Qu'avons-nous que nous ne l'ayons reçu, et tout en rendant grâces à Dieu de la part qu'il nous a faite, lui demander de nous enseigner à ouvrir notre cœur et notre bourse à ceux qui sont moins bien partagés que nous.

CINQUIÈME SOIRÉE.

Les Dattes.

Vous nous avez prouvé l'autre jour, chère grand'maman, dit le petit Georges en s'asseyant auprès du fauteuil de Madame Brémont, qu'on pouvait recueillir en Europe du sucre aussi bon que celui des colonies et vous sembliez vouloir conclure que les productions de notre continent ne sont en rien inférieures à celles des climats chauds d'Asie et d'Amérique, je ne crois pas cependant, poursuivit l'enfant en tirant une boîte de sa poche, que l'on puisse trouver en France un fruit comparable à celui-ci.

GABRIELLE.

Qu'apportes-tu là de bon, mon cher Georges? ouvre vite cette boîte, je te prie.

GEORGES.

Patience, patience, ce n'est pas seulement pour te régaler que je l'ai apportée, cette boîte, mais bien pour convaincre grand'maman de la supériorité des climats tropicaux.

En disant ces mots, Georges ouvrit la boîte qui offrit aux avides regards de la petite troupe plusieurs couches de dattes appétissantes.

LOUISA.

Et qui t'a donné cela, je te prie, ce doit être délicieux.

GEORGES.

Certainement que ces fruits sont bons, et d'autant meilleurs qu'ils viennent de fort loin; ils m'ont été apportés par un ami de papa qui arrive d'Alger. Il m'a dit que l'arbre qui les portait était si beau, si gracieux! Ce monsieur voudrait bien en faire croître un dans son jardin; mais c'est impossible à cause de notre froide température.

MADAME BRÉMONT.

Il est vrai que le palmier-dattier a besoin de chaleur, mais cependant pas autant que les arbres à épices dont nous nous sommes occupés, il peut croître à une beaucoup plus grande distance de l'équateur, quoique la zone torride soit aussi sa patrie.

ALBERT.

Je suis persuadé que grand'maman pourrait nous dire beaucoup de choses sur la culture du dattier.

LOUISA.

Mais avant de savoir comment pousse l'arbre, je voudrais bien goûter son fruit, si toutefois Georges a l'intention de nous inviter.

GEORGES.

Crois-tu que je n'ai porté ces dattes que pour vous les montrer, je ne suis cependant pas assez égoïste; grand'maman va d'abord en prendre une et puis nous en mangerons tous.

Pendant que chaque enfant puisait tour à tour dans la boîte de Georges, Madame Brémont tira le cordon de la sonnette, Isabeau répondit à l'appel, et sortit précipitamment du salon, après que sa maîtresse lui eut dit quelques mots à l'oseille.

GABRIELLE.

Oh ! que c'est excellent ces dattes ; mais c'es conservé avec du sucre, comme les fruits confits dont on nous donne de si beaux cornets au jou de l'an.

GEORGES

Non, non, il n'y a pas une miette de sucre ; l'ami de papa m'a dit qu'elles avaient été tout simplement séchées au soleil, quelquefois même on les laisse sécher sur l'arbre et on les cueille absolument telles que tu les vois dans cette boîte.

LOUISA.

Oh ! mais c'est trop délicieux de trouver sur l'arbre des fruits tout préparés comme cela.

MADAME BRÉMONT.

Je suis persuadée que les habitants du pays où croissent les palmiers, préfèrent le fruit avan qu'il soit sec, car on assure que les dattes fraîches ont un parfum et une saveur, dont ne peuvent donner une idée celles que voilà.

GEORGES.

Quel dommage que nous n'en puissions pas juger, car ce doit être meilleur qu'aucun fruit d'Europe.

MADAME BRÉMONT.

Peut-être, mon cher enfant, que si l'Arabe, qui se nourrit principalement de dattes, surtout pendant ses voyages, trouvait sur sa route un tapis de fraises parfumées, des cerisiers chargés de leurs fruits si rafraîchissants, ou des espaliers couverts de pêches et d'abricots, il serait d'un autre avis que toi au sujet des dattes.

GEORGES.

Oh! je sais bien que vous prendrez toujours le parti de l'Europe, chère grand'maman.

MADAME BRÉMONT.

Je ne me ferai l'avocat des productions d'aucun pays à l'exclusion de celles d'un autre, mais j'admirerai toujours la sagesse et la bonté de Dieu, qui a su approprier la nature des produits de chaque portion du globe, à celle des besoins de ses habitants.

ALBERT.

Mais je ne vois pas en quoi les dattes ou tout autre fruit, ne nous feraient pas autant de plaisir qu'aux naturels du pays où on les recueille.

MADAME BRÉMONT.

Ces fruits croissant dans nos jardins, accroîtraient certainement beaucoup nos jouissances gastronomiques, mais ne contribueraient pas à la conservation de notre santé, tandis que leur action rafraîchissante est une nécessité pour l'homme qui vit sous un soleil brûlant.

JULIETTE.

Il est vrai que dans les pays très chauds, on doit être continuellement tourmenté par la soif, et rien ne peut mieux l'étancher que des fruits juteux et rafraîchissants.

MADAME BRÉMONT.

C'est l'expérience que font les personnes qui

voyagent en Espagne ou dans le midi de l'Italie, en savourant les délicieuses oranges et les citrons que Dieu fait croître en abondance dans ces contrées.

GEORGES.

Mais les dattes fraîches n'ont certainement pas autant de jus que les oranges et les citrons; leur chair doit, il me semble, ressembler plutôt à celle de la prune.

MADAME BRÉMONT.

Aussi servent-elles bien plus à nourrir l'homme qu'à le désaltérer.

LOUISA

Mais ce ne peut cependant jamais être que comme dessert, ou pour se régaler qu'on mange de ce fruit.

MADAME BRÉMONT.

Tu te trompes, mon enfant, car il est souvent la seule provision de route que prennent les Arabes pour traverser le désert. Quelquefois même, afin de ne pas trop charger leurs chameaux et emporter assez de comestibles, ils enlèvent le noyau de l'intérieur de la datte, puis broient la chair jusqu'à ce qu'elle soit réduite en farine, et il arrive souvent que quelques pincées de cette farine délayée dans un peu d'eau, suffisent à la nourriture d'un homme pendant toute une journée.

ALBERT.

Il faut que cet homme soit bien sobre ou la farine de dattes très substantielle.

GEORGES.

Ce doit, en effet, être un fruit bien précieux pour les peuplades errantes qui vivent presque toujours dans le désert. Chaque caravane fait provision de dattes dans la première forêt de palmiers qu'elle traverse et la voilà à l'abri de la famine pour quelques semaines.

MADAME BRÉMONT.

Mais cette provision n'est pas aussi facile à faire que tu parais le supposer, un homme expose souvent sa vie pour cueillir les dattes qui doivent la lui conserver en le nourrissant.

ALBERT.

Est-ce à cause de la hauteur de l'arbre sur lequel il faut l'aller chercher ?

MADAME BRÉMONT.

Oui, mon ami, car le dattier tout en s'élevant à une prodigieuse hauteur, ne porte des feuilles et des fruits qu'à la cime d'un tronc droit, lisse et fort difficile à escalader ; cependant l'Arabe fait cette espèce d'ascension avec une adresse particulière ; mais lorsqu'il l'a effectuée, il n'est point au bout de ses difficultés, car les fruits qu'il va cueillir sont entourés et comme défendus par des feuilles pointues et semblables à de fortes épines qui blessent grièvement la main qui s'avance sans précaution pour saisir les dattes.

ALBERT.

Mais ne pourrait-on pas, chère grand'maman, tailler le dattier de manière à ce que ses branches et son fruit se développassent à une moins grande hauteur, et puis émonder ces feuilles piquantes qui peuvent être si nuisibles ?

GEORGES.

Tu raisonnes, Albert, comme quelqu'un qui ignorerait que le palmier est un arbre sauvage qui se reproduit de lui-même; on dit qu'il y en a des forêts entières en Barbarie, dont tous les voyageurs peuvent cueillir les fruits.

MADAME BRÉMONT.

Ces forêts existent, en effet, mais quoique cet arbre ne demande aucune culture pour croître, la main de l'homme, lorsqu'elle s'en mêle, ne gâte rien à ses produits, et les dattes recueillies dans les plantations soignées par les Arabes sont fort supérieures à celles qu'on trouve dans les forêts.

ALBERT.

Le palmier se propage-t-il par boutures ou par semence.

MADAME BRÉMONT.

Des deux manières; si l'on met en terre un noyau, il en sortira certainement un arbre, mais cet arbre ne portera du fruit qu'au bout de quinze ans, tandis que si l'on plante avec soin un rejeton enlevé aux racines d'un palmier, on aura un arbre productif au bout de cinq ou six ans; mais ce rejeton, pour prendre racine, a besoin d'être fréquemment arrosé, et voilà en quoi la culture peut aider au développement du palmier; ceux qui croissent tout naturellement par semences, mettent beaucoup plus de temps pour atteindre toute leur hauteur, et ne donnent jamais des fruits aussi gros ni aussi savoureux que le palmier résultat d'un rejeton.

ALBERT.

Vous n'avez pas répondu à ma question, chère grand'maman: s'il ne serait pas possible de cultiver le palmier, de le tailler d'une certaine manière qui mettrait son fruit plus à la portée de la main des hommes?

MADAME BRÉMONT.

Il serait fort difficile, cher enfant, de tailler un arbre qui n'a point de branches.

JULIETTE.

Comment, point de branche, et alors qu'est-ce qui supporte ce dôme de verdure si majestueux qu'offrent à la vue les forêts de palmiers?

MADAME BRÉMONT.

Ce dôme de verdure est uniquement formé par les feuilles de palmier qui, longues de dix à douze pieds, sortent en touffes abondantes du sommet du tronc.

GABRIELLE.

Comment, des feuilles longues de dix à douze pieds, et qu'aucune branche ne supporte.

MADAME BRÉMONT.

C'est qu'à vrai dire, elles sont elles-mêmes une espèce de branche, puisque chacune est composée d'une multitude de petites feuilles étroites taillées en lame d'épée et que supporte une même côte.

GEORGES.

Je me figure alors qu'une feuille de palmier doit assez ressembler à une arête de poisson, sauf les proportions gigantesques.

GABRIELLE.

La comparaison me paraîtrait plus juste avec une feuille de fougère, n'est-ce pas, grand'maman?

MADAME BRÉMONT.

En effet, la feuille de fougère, composée aussi de plusieurs petites feuilles attachées à la même côte, est plus flexible et plus gracieuse que l'arête de poisson, mais ces deux comparaisons prouvent cependant que vous vous faites une idée juste du feuillage du palmier.

LOUISE.

Et les fruits sont-ils attachés à ces feuilles qui ne sont, à vrai dire, qu'un immense rameau d'épines.

MADAME BRÉMONT.

De l'aisselle de la feuille, sort un long et flexible et d'où partent quantité de faibles rameaux chargés de petites fleurs auquelles succèdent des fruits aussi rapprochés l'un de l'autre que le seraient es grains d'une immense grappe de raisin; l'adresse de celui qui veut les cueillir consiste à saisir et détacher la grappe entière sans toucher aux feuilles qui pourraient le blesser.

GABRIELLE.

Ce serait assez aisé, si le palmier était à hauteur d'homme et qu'il ne fallût pas, pour atteindre son fruit, faire un exercice de gymnastique qui réclame encore plus d'attention que le soin d'éviter les feuilles piquantes.

JULIETTE.

Aussi, je crois qu'Albert a raison lorsqu'il pense que les cultivateurs du palmier devraient apporter leurs soins à ce que la végétation se développe à une moins grande hauteur.

MADAME BRÉMONT.

Vous avez vu, mes chers enfants, que ce but est impossible à obtenir au moyen de la taille, puisque le palmier n'a pas de branches, et une autre particularité fort remarquable de cet arbre et qui prouve qu'on ne peut opposer aucun obstacle au développement de sa hauteur, c'est que les feuilles qui le couronnent ne prennent leur entier accroissement que lorsqu'il a atteint cette prodigieuse hauteur, et que c'est seulement alors qu'il porte des fruits.

GEORGES.

Et jusque-là ces feuilles plantées restent toutes petites à sa cime.

MADAME BRÉMONT.

Non, elles se flétrissent et tombent chaque année, et avant qu'il en repousse de nouvelles le tronc de l'arbre qui, dès la première année, a acquis en grosseur tout son développement, grandit de plusieurs pieds; les feuilles qui tombent ainsi périodiquement laissent des aspérités saillantes qui, de distance en distance, entourant l'arbre comme un anneau, offrent un faible appui aux hommes qui plus tard escaladent son tronc.

ALBERT.

Il me semble que j'ai lu quelque part que les Arabes font du vin de palmier, est-ce avec le jus des dattes?

MADAME BRÉMONT.

Quelques auteurs anciens parlent d'une liqueur qu'on obtenait avec des dattes fermentées dans de l'eau, mais il paraît qu'on n'en fait plus du tout aujourd'hui, et qu'on appelle vin de palmier la sève qu'on tire du tronc du dattier. Pour recueillir cette sève , les Arabes coupent toutes les feuilles d'un arbre et font sur sa tige, un peu au-dessous du sommet, une incision circulaire , puis ils pratiquent un sillon profond et vertical à la base du palmier ; il découle de ces incisions une liqueur abondante qu'on recueille dans un vase.

LOUISA.

C'est à peu près comme le sucre d'érable, et cette sève a-t-elle le même goût que les dattes, chère grand'maman ?

MADAME BRÉMONT.

Cette liqueur, d'une couleur laiteuse, est douce et bienfaisante, mais elle s'aigrit promptement. Quoique les Arabes l'estiment beaucoup, ils ne cherchent pas souvent à s'en procurer, car l'opération à laquelle il faut recourir épuise les arbres sur lesquels on la pratique.

ALBERT.

Le bois du palmier n'a-t-il pas aussi quelque utilité ?

MADAME BRÉMONT.

Une très grande, comme bois de charpente, lorsqu'il est à la portée des pays où l'on construit des habitations. Les Arabes emploient les feuilles à la fabrication des nattes qui leur servent de lit et de siége; son écorce, très filandreuse, fournit de très bonnes cordes, et il n'y a pas jusqu'au noyau de la datte qui n'ait son utilité. Les Chinois, après l'avoir brûlé, le font entrer dans la composition de leur encre de Chine, si estimée des peintres sur toute la surface du globe.

GEORGES.

Quel arbre précieux que ce palmier; j'avais bien raison de dire en ouvrant cette boîte, que l'Europe ne produit rien de semblable.

MADAME BRÉMONT.

Rien de semblable, en effet, mais assurément des choses aussi bonnes et peut-être meilleures.

GEORGES.

Ah! cela me semble bien difficile; mais qu'apportes-tu donc là, ma bonne Isabeau.

— Vous le verrez, monsieur, si Madame votre grand'mère le permet, dit la vieille servante en déposant sur la table deux boîtes rondes soigneusement entourées de papier blanc.

LOUISA.

Cela m'a tout l'air de fruits confits ou de bonbons.

GABRIELLE.

Ce sont peut-être des dragées.

GEORGES.

Le contenu de ces boîtes doit être très bon, à en juger par la manière dont elles sont enveloppées.

MADAME BRÉMONT, *en ouvrant les boîtes.*

Ce ne sont, hélas! que des produits de notre pauvre Europe; mais j'ai voulu juger si, même après les dattes, vous leur trouveriez quelque saveur.

GABRIELLE.

Oh! les belles figues, comme elles sont épaisses et sucrées.

LOUISA.

Et ces prunes brignolles, ne sont-elles pas aussi appétissantes que les dattes de Georges ?

— C'est excellent répétaient à l'envi tous les enfants en puisant sans gêne dans les boîtes que leur grand'mère avait mises à leur disposition.

GEORGES.

Oui, c'est très bon, je n'en disconviens pas, mais les dattes ont certainement un goût plus fin, plus étranger.

MADAME BRÉMONT.

Etranger, voilà le grand mot, elles vous plaisent d'autant plus, qu'elles sont moins à votre portée ; mais que penses-tu, mon cher Georges, que diraient les Arabes, si au moment où ils préparent leurs provisions de voyage, une main amie plaçait à côté des sacs de dattes dont ils chargent leurs chameaux, quelques paquets de figues et de prunes semblables à celles-ci ?

GEORGES.

Peut-être seraient-ils aussi enchantés que moi, lorsque j'ai reçu cette boîte de dattes.

MADAME BRÉMONT.

Et si on leur parlait des belles plantations de figuiers qui couvrent le sol du midi de la France et de l'Italie, donnant leur fruit deux fois dans la saison, peut-être s'écrieraient-ils aussi comme toi tout à l'heure : Quel arbre précieux?

GEORGES.

Vous avouerez, du moins, que le figuier ne sert plus à grand'chose lorsqu'il a donné son fruit, tandis que le bois, la sève, l'écorce du palmier sont fort utiles.

MADAME BRÉMONT.

Si jamais tu fais un voyage dans le nord de l'Italie, tu rendras plus ample justice au figuier, car tu verras tout le parti que d'habiles tourneurs peuvent tirer de son bois, et tu nous rapporteras toutes sortes de jolis petits meubles remarquables par leur légèreté et le brillant de leur vernis.

ALBERT.

Comment, on a pu réussir à travailler le bois de figuier qui paraît si cassant?

MADAME BRÉMONT.

Il faut pour cela beaucoup d'adresse et de précaution, mais on en vient à bout, et j'ai vu des sucriers, des tabatières et de fort jolies cassettes en bois de figuier.

GEORGES.

C'est curieux que je n'aie jamais entendu parler de cela.

MADAME BRÉMONT.

Il n'est point étonnant qu'on ignore beaucoup de choses à ton âge, mon cher enfant, seulement ce dont il faut se garder avec soin, c'est en cherchant à étudier les choses qui viennent de loin, de négliger d'observer celles qui sont à notre portée, car c'est en quelque sorte méconnaître la bonté de Dieu à notre égard.

JULIETTE.

Il est vrai que nous employons chaque jour des choses dont nous ne connaissons ni l'origine ni la complète utilité, et il nous serait cependant aisé de les étudier nous-mêmes si nous voulions être attentifs.

MADAME BRÉMONT.

Nous sommes si disposés à ne reconnaître la puissance de Dieu que dans les choses qui nous paraissent extraordinaires, tandis qu'elle éclate ainsi que sa sagesse dans les plus humbles des œuvres de la création.

LOUISA.

Mais cependant il y a des choses qui sont bien plus difficiles à faire que d'autres.

GEORGES.

Tu te figures peut-être que Dieu a mis plus de temps à former une montagne qu'un grain de sable?

LOUISA.

Et pourquoi pas! j'ai bien plus vite écrit une ligne qu'une page entière.

GABRIELLE.

Et tu fais à Dieu l'honneur de le comparer à toi pour l'habileté dans le travail.

LOUISA.

Que tu es moqueuse, Gabrielle, tu sais bien que je ne veux pas me comparer à Dieu, mais seulement dire qu'il faut plus de temps et de soin pour faire une grande et belle chose qu'une toute petite et insignifiante.

MADAME BRÉMONT.

Je te crois en effet, ma petite Louisa, à l'abri de la présomption dont Gabrielle t'accuse, mais elle tombe dans une erreur bien commune, c'est de mesurer les facultés de Dieu avec celles de l'homme et d'oublier que créer n'est pas faire.

LOUISA.

Je ne comprends pas bien la différence entre ces deux expressions?

MADAME BRÉMONT.

Créer c'est donner naissance sans le secours d'aucuns matériaux à ce qui n'existait pas; faire, c'est confectionner un travail quelconque avec des matériaux déjà existants. Dans ce cas il est tout simple de conclure que pour élever un palais, il faudra plus de temps et d'adresse que pour construire une barraque ; mais pour créer, ce qui n'appartient qu'à la Toute-Puissance, un mot de la bouche de Dieu suffit. Vous voyez dans le récit de la Genèse : que partout *il dit*, et la chose eut son être. (Genèse III.) Ainsi, il ne lui a pas plus coûté pour lancer dans l'espace les milliers d'astres qui éblouissent nos regards que pour faire croître l'humble mousse que vous foulez aux pieds.

LOUISA.

C'est vrai pourtant cela, quoique ce soit un peu difficile à croire.

GEORGES.

Dans le fait, avec la meilleure volonté du monde, nous ne réussirions pas mieux à faire une maison qu'une étoile ; on voit bien qu'il faut que la main de Dieu ait passé par là.

MADAME BRÉMONT.

Oui, mon enfant, il est bon de la discerner

dans toutes ses œuvres et de reconnaître que chacune a son genre d'utilité, le brin d'herbe comme le chêne, le modeste groseiller de notre jardin aussi bien que le superbe dattier du désert. Le Seigneur place et fait croître chaque chose dans les lieux et dans les temps où elle est nécessaire.

GABRIELLE.

Il est vrai que nous serions peut-être un peu embarrassés s'il poussait dans nos petites campagnes quelques-uns de ces gigantesques palmiers que nous étions si disposés à admirer tout à l'heure, tandis que nos figuiers si jolis et si gracieux occupent peu de place et produisent aussi d'excellents fruits.

LOUISA.

Sans compter le plaisir de les avoir à la portée de la main et de cueillir en se promenant une excellente reine-claude bien mûre et bien sucrée. J'avoue que s'il y avait des palmiers dans notre jardin, je n'oserais jamais demander une datte dans la crainte que quelqu'un ne se cassât le cou en allant la cueillir.

GEORGES.

Quant à moi qui ne suis pas aussi poltron qu'une petite fille, je ne redouterais pas du tout cet exercice de mât de cocagne, mais il faut pourtant que je confesse que ces excellentes figues et ces brignolles me réconcilient avec les produits de l'Europe, et je reconnais que grand'-maman a raison d'affirmer que chaque pays fournit à l'homme qui l'habite ce qui suffit à ses besoins.

MADAME BRÊMONT.

Et tu pourrais ajouter que celui où Dieu vous a fait naître, nous donne, outre le nécessaire, beaucoup de jouissances superflues, et que les bienfaits de la civilisation, joints à ceux de la nature, nous laissent peu de choses à désirer.

ALBERT.

Il est vrai que la facilité des communications et du transport nous permet de joindre facilement aux productions de notre pays celles des contrées les plus lointaines.

JULIETTE.

Ce qui fait que tout en jouissant des avantages d'un climat tempéré, nous profitons des récoltes qu'un soleil ardent peut seul faire mûrir, et cela sans supporter nous-mêmes ces chaleurs qu'on dit intolérables.

MADAME BRÉMONT.

Je crois, en effet, que sous beaucoup de rapports, notre position est privilégiée, et nous devrions non-seulement éprouver une vive reconnaissance envers Dieu de ce qu'il nous a fait naître dans un pays où la vie matérielle est si facile, mais surtout dans un pays où l'Evangile est connu et respecté.

GABRIELLE.

Il est vrai que nous aurions pu venir au monde dans une de ces contrées sauvages dont les habitants n'ont jamais entendu parler de Dieu.

LOUISA.

Et pendant un temps de guerre quelque tribu

errante nous aurait peut-être pris et mangés en guise de rôti.

MADAME BRÉMONT.

Oui, mes chers enfants, tout cela aurait pu arriver si Dieu, dans sa miséricorde, ne nous eût placés dans un pays chrétien plutôt qu'au milieu d'une de ces nations idolâtres qui adorent le bois et la pierre.

JULIETTE.

Et qui vivent dans le péché sans se douter de tout le mal dont leur vie est remplie!

MADAME BRÉMONT.

Et qui ne connaissent pas le Sauveur qui peut seul leur obtenir le pardon de ces péchés.

ALBERT.

Il est vrai que nous sommes bien heureux.

MADAME BRÉMONT.

Oui, mes enfants, heureux d'avoir vu le jour dans un pays où le vrai Dieu est adoré; heureux d'être élevés par des parents chrétiens qui doivent nous conduire à Jésus pour avoir la vie ; heureux de posséder la Bible qui nous donne en même temps que l'assurance du pardon de nos péchés, les directions nécessaires pour remplir les devoirs que nous impose la reconnaissance.

JULIETTE.

Voilà bien des priviléges, il faudrait plus que de l'ingratitude pour les méconnaître.

MADAME BRÉMONT.

Dieu veuille que vous sentiez aussi la responsabilité qui en découle, et que vous ne vous rendiez jamais indignes de tous les bienfaits dont vous êtes comblés.

www.ingramcontent.com/pod-product-compliance
Ingram Content Group UK Ltd.
Pitfield, Milton Keynes, MK11 3LW, UK
UKHW021051260726
13994UKWH00002B/508

9 782329 347509